www.edition.subkultur.de

MIKIS WESENSBITTER: „Nächster Halt: Im Land des Vergessens"
1. Auflage, September 2024, Edition Subkultur Berlin
© 2024 Periplaneta - Verlag und Medien / Edition Subkultur
Inh. Marion Alexa Müller, Bornholmer Str. 81a, 10439 Berlin
www.subkultur.de

Alle Rechte vorbehalten. Nachdruck, Übersetzung, Vortrag und Übertragung, Vertonung, Verfilmung, Vervielfältigung, Digitalisierung, kommerzielle Verwertung des Inhaltes, gleich welcher Art, auch auszugsweise, nur mit schriftlicher Genehmigung des Verlags. Die Handlung basiert auf realen Erlebnissen, alle handelnden Personen sind jedoch erfunden.

Coverfoto: Milena Milde
Autorenbild: Anja Tapp
Lektorat, Satz & Layout: Thomas Manegold

Made in EU
Gedruckt auf FSC- und PEFC-zertifiziertem Werkdruckpapier

print ISBN: 978-3-948949-40-2
epub ISBN: 978-3-948949-41-9

MIKIS WESENSBITTER

Nächster Halt: Im Land des Vergessens

Irgendwie fängt irgendwann alles nicht von vorne an

Ich war 49 und nach der buddhistischen Lehre, wonach man sich alle sieben Jahre ganz neu erfindet, war ich also theoretisch bereit für Veränderung. Aber in Wirklichkeit wollte ich gar keinen Fortschritt, sondern eher ein Back-to-the-Roots. Ich hatte fast die ganzen 90er Jahre damit verbracht, Konzerte und Partys zu organisieren und wenn wir gerade nicht selber eine Veranstaltung hatten, sind wir auf andere Konzerte und Partys gegangen, um Flyer zu verteilen oder zu schauen, wie andere Clubs das so machen. Bis ich das erste Mal schwanger wurde und beschloss, damit aufzuhören.

Und jetzt hatte ich gemerkt, wie mir das eigentlich fehlte, und dass ich das gerne noch mal leben würde. Also bewarb ich mich bei den ganzen bekannten und unbekannten Konzertveranstaltern und Agenturen. Ich bekam genau gar keine Antwort. Nicht eine.

Eigentlich brauchte ich mich darüber auch nicht zu wundern, denn was sollten die auch mit mir? Wo es jede Menge Nachwuchs gab, der nicht auf die Uhr schaute, keine Kinder hatte und wusste, wie man auf *Insta* mit jedem Post 3234 Likes bekam. Ich wusste zu diesem Zeitpunkt noch nicht mal, wie man auf *Insta* ein Profil anlegt.

Und dann sah ich diese Anzeige: „Freizeitgestaltung für Senioren! Du möchtest alten Menschen den Lebensabend erleichtern? Mit Ihnen spazieren gehen, kochen und Kultur erleben? Dann melde dich bei uns. Wir sind *Care-Zone* eine junge, moderne Agentur ..."

Aha! Warum nicht, wenn ich offensichtlich zu alt bin für den Rock'n'Roll, dann mach ich eben was mit Rentnern.

Ich ging zu einer Infoveranstaltung und war erstaunt, wer da alles saß. Pensionierte Lehrerinnen, Studenten, ein Polizist und ein paar Typen, die ich nicht mal nach fünf Bier in meine Wohnung gelassen hätte. Man musste eigentlich nichts weiter machen, als ein Onlineprofil ausfüllen und ein sauberes Führungszeugnis vorweisen. Und natürlich manierliche Umgangsformen und Empathie besitzen. Bei den letzten beiden Dingen war ich mir bei einigen Bewerbern im Raum alles andere als sicher.

Mein Profil wurde innerhalb kurzer Zeit freigeschaltet und ich bekam die ersten Jobangebote. Es konnte also losgehen!

Die Nummer 1 – Frau Majewski

Frau Majewski wohnte Frankfurter Allee/Süd in einem Neubaublock. Wobei Neubau natürlich für einen 50 Jahre alten Plattenbau auch die falsche Bezeichnung ist. In meiner Jugend hieß das jedenfalls noch Neubau, weil die Altbauten eben noch viel älter und nicht von den fleißigen Bauarbeitern des Volkes errichtet worden waren.

Auf *Google Maps* sah das relativ einfach aus. Entweder mit der S-Bahn bis Frankfurter Allee und dann wieder zurücklaufen oder direkt von mir aus laufen.

Zurücklaufen fand ich bescheuert, der direkte Weg klang viel sinnvoller. War er aber nicht. Erst recht nicht mit verstauchtem Fuß. Ich kämpfte mit mir, mit dem Schmerz und mit dem Drang, nicht zu spät kommen zu wollen. Und dann verlief ich mich auch noch in dem ganzen Gewirr von Hausnummern. Aber ich schaffte es und stand pünktlich um zehn vor ihrer Haustür.

Sie war alt. Und sie war verwirrt.

„Wer sind Sie denn?", fragte sie mich an der Wohnungstür.

„Na, ich bin Ihr neuer Alltagshelfer. Wir haben doch heute unseren ersten Termin!"

„Kommen Sie erst mal rein."

Ich setzte mich auf die Couch, massierte vorsichtig meinen Fuß, versuchte, den Schmerz wegzuatmen und nicht laut zu schreien.

„Hat Ihnen denn niemand gesagt, dass ich das nicht mehr will?"

„Was? Wie? Nein!"

„Ja, aber ich hab doch gesagt, dass mir das alles viel zu viel ist. Und ich nicht noch eine Zusatzversicherung abschließen will."

„Wie Versicherung? Das läuft doch über die Pflege. Da müssen Sie doch nichts extra abschließen. Also zumindest soweit ich das weiß."
„Doch doch, die wollten mich noch beraten und dann sollte ich noch irgendwas unterschreiben. Und das mach ich nicht. Ich hab auch gesagt, dass sie sich nie wieder bei mir melden sollen."
„Davon weiß ich nichts. Ich wusste nur, dass wir einen Termin haben und ich Ihnen helfen soll. Mir hat niemand Bescheid gesagt!"
Sie gab mir fünf Euro, damit ich den Weg nicht umsonst gemacht hätte. Ich ging damit zu *Penny* und kaufte mir ein Sixpack *Becks*. Für später, für nach dem Schmerz und vor allem für nach dem wütenden Telefonat mit der Agentur.

Meine zweite Klientin war Mitte 50 und hatte sich den Fuß gebrochen. Die fand ich nett und wir hatten auch gute Gespräche bei meinem ersten Besuch. Danach sagte sie die Termine immer kurzfristig wieder ab, weil ihr gerade nicht so war oder sie nichts brauchte. Bis ich ihr erklärte, dass ich das zwar schön finde, spontan frei zu haben, aber leider auch keinen Pfennig verdienen würde, wenn die Termine nicht stattfinden. Das verwunderte sie. Sie dachte, ich wäre fest angestellt und da wäre das eben auch egal. Dann hielt sie sich an Absprachen und ich ging für sie einkaufen oder karrte sie in ihrem Rollstuhl durch Friedrichshain.

Zeitgleich hatte ich noch Klient 3, einen 91-jährigen Herrn, der in der DDR im Außenhandel gearbeitet hatte und eine Vorliebe für Kriegsdokumentation hegte. Die schaute er sich mit Lautstärke 85 an. Er war ganz stolz darauf, dass er sich jeden Tag sein Mittagessen selber kochte, was auch ich sehr beachtlich fand. Seine Wohnung war ein Labyrinth aus Kisten, Koffern und Tüten; die Teppiche stammten noch vom Erstbezug in den 60ern und hatten nicht nur die Farben der Zeit angenommen, sondern waren teilweise auch im Auflösungsprozess. Was das Staubsaugen zu einem Abenteuer machte. Das Bad hatte einen Hauch von Bahnhofsklo. Um da zu putzen, brauchte ich eine große Portion Überwindung. Die Küche war ein Museum, mit Speiseresten der letzten Dekade verziert. Als

ich die DDR-Kaffeemaschine von ihrer zentimeterdicken Patina befreien wollte, gab sie mit einem lauten Rumms ihren Geist auf. „Ach, dit macht nüscht! Denn kann ick endlich die neue auspacken, die ick zu meinem Siebzigsten jeschenkt jekriegt hab", meinte er.
Unsere Gespräche waren recht simpel gestrickt, was vor allem der Klanglandschaft geschuldet war. Denn während aus dem Fernseher in infernalischer Lautstärke ständiges Artilleriefeuer, Panzergeschosse und Gewehrsalven erklangen, unterhielt es sich einfach nicht gut. Ich schaffte drei Einsätze bei ihm, dann gab ich auf. Das war einfach zu viel für mein Nervenkostüm, beim Putzen auch noch im Kriegsgebiet unterwegs sein zu müssen.

Auf meinem Konto gab es plötzlich positive Bewegungen, ich war nicht mehr knietief im Dispo und ich konnte die Titelgeschichte für mein nächstes Buch fertig schreiben, ohne ständig von Existenzangst abgelenkt zu werden. Auch wenn das eigentlich überhaupt nicht der Job war, den ich machen wollte, fühlte ich mich frei. Ein schönes Gefühl!

Frau Gierschoff – Part 1

Frau Gierschoff wohnte in *Plänterwald*. Das war verkehrsgünstig und vor allem war es für mich auch eine Reise in die Vergangenheit, denn dort war ich vier Jahre zur Schule gegangen.
Ich bekam die Jobzusage am Freitagnachmittag und rief sie an. Sie erzählte mir, dass sie schon vor zehn Tagen aus dem Krankenhaus entlassen worden war und bisher einfach nirgendwo Glück gehabt hätte, weil überall gesagt worden war: „Wir haben kein Personal!"
Da ich für den Sonnabend noch keine Pläne hatte und ich das einfach gruslig fand, dass jemand so lange ohne Hilfe war, verabredeten wir uns für den nächsten Tag um 10 Uhr.
Sie wohnte in einem westsanierten Q3A-Block Parterre. Mir schlug eine Wand von kaltem Billigtabakrauch entgegen, als sie die Tür

öffnete. Und wenn in der Einsatzdokumentation nicht gestanden hätte, dass sie 65 Jahre alt ist, hätte ich sie auf 80 geschätzt.

Nach einem Kaffee auf dem Balkon wusste ich, dass sie Zysten in der Bauchspeicheldrüse hatte, dass man ihr im Krankenhaus das Gebiss geklaut hatte und dass sie seit der Entlassung aus dem Krankenhaus viel Zeit auf dem Balkon verbracht hatte, um darauf zu warten, dass Nachbarn vorbeiliefen, die sie fragen konnte, ob sie ihr Knäckebrot und Zigarillos von *Netto* mitbringen könnten.

Sie wünschte sich, dass ich einkaufen und einmal durch die Wohnung wischen würde. Aber ihr sehnlichster Wunsch war neue Bettwäsche. Denn die alte war voller Blut und da traute sie sich kaum noch, ins Bett zu gehen.

Und so stand ich Samstagvormittag vor einem Bett, das aussah wie ein Splatterfilm und kämpfte mit dem Ekel. Ich wusste nicht genau, ob ich das wirklich anfassen konnte oder ob ich kotzen würde. Aber die Arme tat mir auch so leid, dass ich mir Gummihandschuhe anzog, ihren Wunsch erfüllte und das ganze Zeug gleich mit 95 Grad wusch.

Als ich ihre Wohnung putzte, hatte ich viel Zeit, mir die Bilder, die überall an den Wänden hingen, anzuschauen. Sie war mal ein heißer Feger gewesen, blond und gut figuriert. Ihr Mann spielte offensichtlich gern Kapitän - am Steuer von Motorbooten.

Beim zweiten Kaffee des Tages erzählte sie Geschichten von früher. Als ihr Mann noch lebte und fit war, hatten sie zum gehobenen Neuköllner Proleten-Adel gezählt, mit Kleingarten und Stammtischplätzen in diversen Eckkneipen. Urlaub auf Malle und Gran Canaria war damals gar kein Problem. Der Mauerfall hatte ihre Idylle zerstört, erst fielen die Löhne, dann wurden die Jobs knapp und die ersten Krankheiten kamen. Vielleicht war es auch der viele Alkohol. Irgendwann konnten sie sich ihre Wohnung nicht mehr leisten und mussten in den Osten ziehen. Dass ihre Tochter seit 15 Jahren nicht mehr mit ihr redete, hatte damit nichts zu tun. Das hatte andere Gründe. Die sie aber jetzt auch nicht mehr genau wusste.

Ich lernte an diesem ersten Tag bei ihr einige ganz wichtige Lektionen fürs Leben: Kümmere dich um dein soziales Umfeld! Pass auf, dass du immer Freunde hast! Achte darauf, dass du dich mit deinen Nachbarn verstehst. Und zerstreite dich, verdammt noch mal, nicht sinnlos mit deinen Kindern!

Ich ging zwei Mal die Woche zu ihr, kaufte für sie ein, wusch ihre Wäsche und rauchte mit ihr. Der Gestank ihrer Zigarillos war jedes Mal eine echte Herausforderung. Manchmal schrie sie plötzlich mitten im Gespräch gequält auf, weil ein Schmerzanfall durch ihren Körper raste, aber so insgesamt schien es ihr langsam besser zu gehen. Sie wurde mutig und wollte unbedingt endlich wieder selber vor die Tür. Also zogen wir los. Sie eierte mit ihrem Rollator durch die Gegend, als hätte sie eine Flasche Korn intus und alle fünf Minuten mussten wir anhalten, da sie zu erschöpft war. Aber als wir bei *Netto* waren, seufzte sie glücklich auf. Endlich konnte sie wieder stöbern und die Fertiggerichte einpacken, die sie unbedingt haben wollte.

„Nach dem Tod meines Mannes bin ich oft in den Rentnerclub in Treptow gegangen. Das war schön da. Wir haben Ausflüge gemacht und Spielenachmittage. Bis mich so ein alter Zausel gefragt hat, ob ich vielleicht mal mit ihm einen Kaffee trinken gehen möchte. Na, das war mir zu viel. Danach bin ich nie wieder dahin gegangen. Nirgendwohin bin ich mehr gegangen. Seitdem versauer ich hier in meiner Bude. Ich glaub, ich bin selbst schuld daran, dass ich krank geworden bin!"

Das war die nächste wichtige Lektion, die ich bei ihr gelernt habe.

Als ich nach Pfingsten, wie verabredet, wieder zu ihr ging, machte sie die Tür nicht auf. Ich klingelte eine ganze Weile, versuchte, sie anzurufen. Keine Reaktion. Ausgegangen würde sie wohl kaum sein, aber vielleicht lag sie in ihrer Wohnung. Ich wusste es nicht. Ich war kein Angehöriger, Polizei, Feuerwehr und meine Organisation waren für meine Bedenken nicht zuständig. Aber zumindest waren die Balkonfenster zu. Das sah nach geordnetem Rückzug aus. Also wenn sie da tot in ihrer Wohnung lag, dann wenigstens umweht vom heimeligen Zigarillodampf.

Frau Möhr

Frau Möhr war 81, gerade aus dem Krankenhaus entlassen worden, und wohnte in Johannisthal.
Also nicht unbedingt verkehrsgünstig gelegen für mich. Aber es war Sommer und da ich sowieso auf Retrotrip unterwegs war, bot sich mir so die Chance, mal wieder in einer Gegend unterwegs zu sein, die viel mit meiner Vergangenheit zu tun hatte. Denn dort war dereinst nicht nur mein erster Lottoladen gewesen, sondern dort stand auch die Bibliothek, aus der ich hunderte Bücher nach Hause geschleppt hatte. Und natürlich das Kino *Astra*, in dem ich nicht nur reihenweise bekloppte Filme gesehen, sondern auch meine Jugendweihe hatte. Lottoladen und Bibliothek gab es nicht mehr, daraus waren ein Dönerimbiss und ein *REWE*-Markt geworden. Das Kino gab es noch.
Frau Möhr wohnte im Parterre eines Nachkriegsbaus. Um die Wohnung zu bekommen, hatten sie damals viele Aufbaustunden geleistet, erzählte sie mir später mal. Als sie mir die Tür öffnete, schaute ich sie erstaunt an. Sie war über 1,80 groß, breit und ihre Oberschenkel hatten den Umfang meines Bauches. Mein erster Gedanke war: ‚Das ist Mama Gorg von den Fraggles!'
Sie schaute mich allerdings auch erstaunt an. Nachdem wir unsere gemeinsamen Schrecksekunden überwunden hatten, bat sie mich in die Wohnung und gab mir eine Führung. Drei Zimmer, Küche und Bad. Alles quadratisch und praktisch auf 56 Quadratmetern.
Beim Kaffee besprachen wir dann die organisatorischen Dinge. Saubermachen, Einkaufen und Begleitung zu ihren Physiotherapie-Terminen standen auf ihrer Wunschliste. Damit konnte ich auf jeden Fall leben. *Netto* war nicht weit, ihre Einkaufsliste nicht besonders lang und schon war die erste Stunde um. Sie nickte zufrieden, als ich meinen Rucksack auspackte, dann ließ sie sich auf die Couch plumpsen und sagte: „So junger Mann! Jetzt putzen Se ma und wischen Staub und ick bleeb sitzen und kiek Ihnen zu. Dit kommt

schließlich nich oft vor, det hier'n Mann vorbeikommt und meene Wohnung sauba macht!"
Damit hatte sie mein Herz erobert.
Im Schlafzimmer stand ein Doppelbett, die Seite ihres verstorbenen Mannes war frisch bezogen. Das kleine Zimmer nannte sie immer noch Kinderstube, obwohl ihre Söhne schon vor 40 Jahren ausgezogen waren. Es hätte mich auch nicht gewundert, wenn irgendwo an der Wand noch eine Täve-Schur-Autogrammkarte gehangen hätte.
Zum Abschied gab sie mir drei Euro. „Für 'nen Kaffee!"
Ich holte mir aber lieber drei Bier von dem Geld. Schließlich war Freitagabend und 30 Grad machen ja auch durstig.

Als ich das nächste Mal zu ihr ging, stand Physio auf dem Programm.
„Sie müssen uffpassen, det ick untawegs nich stolper und mir irjendwat breche!", verkündete sie, während sie ihren Rollator abschloss und damit loszog. Ich lief neben ihr und meine innere Alarmanlage sendete ein lautes Warnsignal. Wenn die auf mich rauf fällt, bin ich Matsch!
Ich war völlig verkrampft, versuchte Stolperfallen und Gefahren vorauszuahnen und überlegte angestrengt, wie ich sie daran hindern könnte, umzufallen und auf dem Gehweg einzuschlagen. Der Weg zur Physiotherapie war nur zehn Minuten lang, aber als wir dort ankamen, war ich klitschnass. Nachdem sie im Warteraum saß, ging ich einkaufen und einen Kaffee trinken. Auf dem Rückweg erzählte sie mir, wie 1963 das Fahrrad ihres jüngsten Sohnes vor dem Eckladen geklaut worden war. Nigelnagelneu war das gewesen und der Kasper hatte es nicht abgeschlossen, als er Milch holen war. Na, das hat aber Schimpfe gegeben und eine Ohrfeige und Stubenarrest. Aber der ABV hatte den Dieb noch am selben Tag aufgespürt und dann herrschte wieder Eintracht und Frieden in der Familie.
Die fünf Euro Trinkgeld steckte ich zu Hause in die Sparbüchse.

Ich kannte inzwischen viele Geschichten aus ihrem Leben, wusste, dass sie als Krankenschwester gearbeitet hatte und viele, viele Jahre, vom tiefen Osten bis in den weiten Westen, eine Praxis am Laufen gehalten hatte, bis ihre Chefin irgendwann mit Stöckelschuhen, Minirock und der dritten Flasche Sekt intus, hinter ihrem Arzttisch zusammengeklappt war. Da waren sie beide 69 Jahre alt. Und mussten wohl oder übel in Rente gehen. Über ihren Mann sprach sie nie.

Weil ja Hochsommer war und Ferien dazu, stand bei mir eine Woche Urlaub auf dem Plan. Als ich ihr davon erzählte, meinte sie: „Ach dit is keen Problem. Da können meene Söhne och einkoofen jehn. Schlümma wär dit, wenn se mir die Thrombosestrümpe anziehn müssten. Denn könnten se nich wegfahrn. Wo sollet denn hinjehn?"
„Nach Rhodos."
Sie seufzte ganz tief und sagte: „Da is dit so schön!"
Und dann holte sie ein Fotoalbum aus dem Regal und zeigte mir Bilder, Landkarten und Prospekte. Und gab mir jede Menge Insidertipps für Ausflüge, Wanderungen und versteckte Orte auf der Insel.
„Da war ick letztet Jahr mit meenem Sohn. Dit wird wohl meen letza Urlaub jewesen sein. Gloob nich, det ick noch ma irjendwohin fliejen werde."

Rhodos war wunderschön, ich zeigte ihr meine Urlaubsbilder und die Krankenkasse weigerte sich, eine Verlängerung zu bewilligen. Es war traurig, von ihr Abschied zu nehmen. Ich hoffe sehr, dass sie noch mal auf Entdeckungsreise gegangen ist.

Frau Gierschoff – Part 2

Fünf Wochen später. Sommer in der Stadt. Mein Telefon klingelte.
„Hallo hier ist Marion."
„Die Marion? Du lebst?"

„Ja, ich war wieder im Krankenhaus. Die Schmerzen waren so schlimm, dass ich es nicht mehr ausgehalten habe. Hat dir denn keiner Bescheid gesagt? Die Schwestern sollten dich eigentlich anrufen."
„Nee. Ich hab mir Sorgen gemacht."
„Tut mir leid. Kannst du kommen? Die Krankenkasse hat vier Wochen bewilligt."
Wirklich besser sah sie nicht aus, aber sie hatte neuen Lebensmut. Sie wollte zum Zahnarzt, um ihr Gebiss wiederzukriegen und sie wollte zum Optiker, weil diesmal ihre Brille im Krankenhaus verschwunden war.

Und so machten wir uns auf den Weg. Sie konnte geradeaus fahren mit ihrem Rollator. An der Bushaltestelle mussten wir manchmal schubsen, um als Erste einsteigen zu dürfen und auf dem Alexanderplatz schaute sie begeistert zum Fernsehturm auf.

Im *99 Cent Markt* kaufte sie sich Liebesromanzen und einmal mussten wir bei *Getränke Hoffmann* anhalten, weil sie Sekt brauchte. Für ihre Freundin, die immer nicht genug kriegen kann.

Bei 36 Grad im Schatten waren wir in einer Einkaufspassage in Neukölln, weil sie Heimatgefühle hatte.

Als wir zum zweiten Mal zum Alexanderplatz fuhren, um ihre neue Brille abzuholen, passte die nicht und war auch gar nicht ihre Stärke. Sie war total angepisst. Ich war begeistert, wie sie in drei Sätzen den Verkäufer zusammenfaltete und ihm erklärte, dass es wohl besser gewesen wäre, wenn er nie geboren worden wäre. Da war er wieder, der Neuköllner-Adels-Einschlag.

Das war an unserem letzten Tag. Am Bahnhof Plänterwald schaute sie sich um und sagte: „Und weißt du, was wir jetzt machen? Wir gehen ein Bier trinken!"
„Echt? Es ist kurz nach 12. Da trinke ich noch nichts!"
„Heute schon!"
Und dann saßen wir im Garten vom *S-Bahnstübchen* und bestellten zwei halbe Liter. Die Jungs am Nebentisch mussten schon am Morgen angefangen haben zu tanken, denn da wurde lautstark gestritten, unter völliger Missachtung von deutlicher Aussprache.

Auf jeden Fall ging es in ihren Gesprächen um eine Schlampe, ja eine Oberschlampe, die hier in der Umgebung schon allet jefickt hatte, wat nich bei drei uffm Baum war. Danach ging es um Hertha und dann war wieder die Schlampe Peggy an der Reihe. Als das langweilig wurde, loteten sie aus, ob es nicht an der Zeit wäre, sich mal wieder richtig auf die Fresse zu hauen.
Marion gefiel das. Sie trank selig ihr Bier und freute sich über die Soundkulisse. Bestimmt erinnerte sie das an damals, als ihr Mann in der *Schultheiß-Kneipe* noch anderen Frauen hinterhergeschaut hatte, um sich Appetit für zu Hause zu holen.
Ich brachte sie nach Hause, weil sie von dem Bier gut einen sitzen hatte. Sie gab mir zum Abschied einen Kuss auf die Wange.

Die Hexe von Karlshorst

Frau Freistein übernahm ich eigentlich nur, weil es gerade keine anderen Angebote gab und ich wusste, dass Weihnachten ein teures Vergnügen werden würde. Als ich zum ersten Mal zu ihr fuhr, regnete es in Strömen und war klapperkalt. Auf dem Stadtplan hatte das alles unkompliziert ausgesehen, aber die Entfernungen in Karlshorst sind wohl deutlich andere als in der Innenstadt. Denn da ist eine Straßenbahnhaltestelle schon mal doppelt so lang wie im Friedrichshain oder Mitte.
Sie wohnte in einem Zweifamilienhaus, das man ohne Übertreibung *riesig* nennen konnte.
Ihr Mann war Elektromeister gewesen, sie Zahnärztin. Mit 55 hatte sie einen Schlaganfall erlitten und war seitdem halbseitig gelähmt. Mit der Arzt-Praxis war es danach natürlich vorbei. Dann starb auch noch ihr Mann und seitdem wohnte sie alleine in dem Haus und war sauer auf die Welt.
Sie hatte extrem lange Haare, bewegte sich mit einem Stock durch ihr Haus und war verdammt schwer zu verstehen.

Sie erklärte mir, welche Zimmer ich putzen sollte und welche nicht. Ich fing unter dem Dach an, im Schlafzimmer. Nach fünf Minuten rief sie: „Junger Mann. Was machen Sie gerade?"
„Ich wische Staub!"
„Lassen Sie das! Der kommt sowieso wieder."
Ihr Wohnzimmer war voll mit antiken Möbeln. Die gefielen mir und ich entfernte akribisch die Staubschichten, die sich angesammelt hatten. Aber auch da hatte sie wieder irgendwas an meiner Arbeit auszusetzen. Mir war schnell klar, dass wir keine besten Freunde werden würden.
Nach zwei Stunden war ich fertig und hatte ihre Hütte einmal komplett saubergemacht. Von oben bis unten.
„Hui, da war ich aber schnell! In zwei Stunden geschafft, wofür drei geplant waren!", lobte ich mich selber.
„Ja, da kriegen Sie aber auch nur zwei bezahlt!", stellte sie klar.
Das war das erste und einzige Mal, dass ich mich bei ihr beeilt hatte.
Ich nannte sie für mich selbst *Rapunzel*, ging dann alle zwei Wochen zu ihr und hatte jedes Mal keine Lust. Aber irgendwie wollte ich noch nicht aufgeben, schließlich hatte ich es ja bisher immer geschafft, mit den Leuten, bei denen ich arbeitete, klarzukommen. Geschichten von früher wollte sie nur selten erzählen. Wenn ich sie was fragte, antwortete sie meist: „Warum wollen Sie das wissen?"
„Weil ich Geschichten von Menschen sammle", sagte ich dann.
Ich lernte Meditationsstaubwischen bei ihr und Entschleunigungsputzen; für volle drei Stunden reichte es allerdings nie. Sie hingegen spielte Stoppuhr und rechnete auf die Minute genau ab. Ich versuchte, ihr zu erklären, dass ein ganzes Haus zu putzen eigentlich nicht nach Uhrzeit, sondern nach einer Pauschale funktionieren müsste, aber das lehnte sie ab. Sie müsse schließlich mit ihrem Geld haushalten.
Eines der Zimmer, die ich ausdrücklich nicht putzen sollte, war das Zimmer ihrer Tochter. Da hingen noch 90er-Jahre-*Bravo*-Poster an der Wand und es sah aus, als wenn ihr Auszug relativ überstürzt stattgefunden hatte, vor vielen Jahren. Einmal traf ich die Tochter,

die hübsch und angenehm war. Mit der sprang sie noch gröber um als mit mir. Ich konnte sehr gut verstehen, dass die damals schnell das Weite gesucht hatte.

Inzwischen nannte ich sie nicht mehr *Rapunzel*, sondern *Hexe von Karlshorst*, und wenn ich auf dem Weg zu ihr war, stellten sich die Haare auf meinen Armen auf. Ich ging eigentlich nur noch dahin, weil ich es unfair fand, sie einfach sitzen zu lassen.

Doch als der Sommer kam, musste ich dann doch einsehen, dass ich sie, und sie sich, nicht ändern würde. Ich konnte gut verstehen, dass sie das Schicksal für ein gemeines Arschloch hielt, aber ich konnte da nichts für. Und ich merkte, dass ihre permanente Unzufriedenheit und Undankbarkeit auf die Dauer ansteckend wirkte.

Ich verschwand, ohne mich richtig von ihr zu verabschieden. Und ging auch nicht mehr ans Telefon, wenn sie anrief.

Karin und Hans

Ehepaare hatte ich bisher sehr selten betreut und war mit der Konstellation also nicht sonderlich vertraut. Karin und Hans bekam ich zu meinem ersten Jahrestag und sollte sie zweieinhalb Jahre behalten.

Die beiden wohnten in Köpenick, nicht weit entfernt vom Bahnhof. Eigentlich nicht unbedingt mein Revier, die Strecke fuhr ich sonst nur, wenn Heimspieltag war. Aber so hatte jeder Termin irgendwie ein bisschen Union-Flair.

Die beiden waren schon über 80 und wohnten in einer Seniorenanlage in ihrer eigenen Wohnung. Drei Zimmer, Küche, Bad und Balkon. Karin und ich fanden uns vom ersten Moment an sympathisch, schließlich berlinerten wir beide sehr doll. Hans war etwas skeptischer, was meine Eignung für den Job betraf, schließlich war das ja irgendwie Frauenarbeit, die ich da erledigen sollte.

Ich konnte seine Zweifel aber schnell beseitigen, schließlich strahlte und glänzte die Wohnung nach zwei Stunden. Er wollte mir dann auch nur zwei Stunden quittieren, aber Karin meinte:

„Heinz! Der arme Kerl muss ja schließlich erstma hier hinkommen! Und denn och wieder zurückfahrn. Deshalb sind dit och drei Stunden! Basta!"

Ich fuhr jeden zweiten Mittwoch zu den beiden, Hans ging dann meist mit seinem Rollator los, um einzukaufen und Karin machte Handarbeiten. Sie hatte nämlich Arthrose in den Fingern, und deshalb mussten die auch immer in Bewegung bleiben. Sie strickte, häkelte, nähte oder knüpfte Perlen. Irgendwas war immer zu tun. Ich wusste schnell über ihre Krankheiten Bescheid. Sie hatte mit Schilddrüsenkrebs angefangen, dann irgendwann Blasenkrebs bekommen und diverse andere Dinge mehr.

„Hätt' ja jede andere uffjejeben bei die janzen Scheißkrankheiten. Ick nich. Dit Leben jing einfach imma weiter."

Sie war eigentlich Krankenschwester, dann entdeckte sie aber das Tanzen für sich, wurde fast DDR-Meisterin und dann Tanzlehrerin. Bis die Wende dafür sorgte, dass ihr Kulturzentrum dichtmachen musste. Hans hatte sein ganzes Leben bei der Bank gearbeitet. Im Osten bei der Eisenbahnerbank und im Westen dann bei deren Nachfolger.

Manchmal, wenn sie besonders guter Dinge war, sang sie Lieder vor sich hin.

Einmal fragte sie mich, ob ich das Lied kennen würde. Das hätte sie immer mit ihrer Mutter zusammen gesungen. Aber als ihr Vater aus dem KZ zurückkam, sagte der: „Psst! Das darfst du doch nicht singen! Das ist doch unser Lied von der Waffen-SS!"

Ich hatte kurz gedacht, ihr Vater wäre ein Widerstandskämpfer gewesen, aber zum ersten Mal in meinem Leben sah ich da Geschichte andersrum.

Hans sang mir nur einmal etwas vor, nämlich die deutsche Nationalhymne mit allen Strophen.

„Über das Dritte Reich kann man ja viel erzählen. Aber das war meine Kindheit. Und da ging es mir gut! Die Straßen waren sauber und ich hatte nie Angst vor Verbrechern!"

Dass den Preis dafür andere mit ihrem Leben bezahlt hatten, behielt ich für mich. Es hätte nichts geändert.

Aber natürlich waren beide keine Nazis, im Gegenteil. Hans hatte ein Portrait von Willy Brandt über seinem Schreibtisch hängen und hielt ihn für den besten Politiker, den Deutschland je gehabt hatte.

Wenn Sonderwünsche wie Fensterputzen auf dem Wunschzettel oder Feiertage vor der Tür standen, steckte Hans mir einen Zwanziger zu. Damit ging ich dann zu *TK-Maxx* in der Bahnhofstraße und belohnte mich mit irgendwas.

Als ich schon vier Monate zu ihnen ging, erzählte mir Hans, er hätte mal Kassensturz im Pflegegeld gemacht und da wäre noch ordentlich Budget für den Rest des Jahres vorhanden. Ob ich noch andere Sachen könnte, außer Putzen. Kochen zum Beispiel. Das konnte ich natürlich. Ich brachte dann zu jedem Termin Essen mit. Darüber freuten sich die beiden jedes Mal. Und mein Konto auch.

Einmal brachte ich direkt vor einem Heimspiel das Essen vorbei. Man muss die Wege ja bündeln. Karin wartete schon an der Tür und hängte mir einen Union-Schal um. „Den hab ick heute extra noch schnell fertich jestrickt."

Corona schlug auch im Leben der beiden heftig ein. Waren sie sonst regelmäßig zum Chor und zur Skat-Runde in den Gemeinschaftsraum gegangen, hieß es ab März 2020: In der Wohnung bleiben. Sämtliche Aktivitäten waren untersagt worden. Das tat den beiden alles andere als gut. Dazu kamen natürlich noch die ständigen Sorgen, sich anzustecken und jämmerlich an der Seuche zu verrecken.

„Mit dem Typhus hab ick ja meene Bekanntschaft jemacht und bin wieder jesund jeworden. Aber jejen dit Coronazeuch is wohl jar keen Kraut jewachsen", meinte sie.

Wir hatten inzwischen jede Menge Rituale. So fragte sie mich immer, wenn ich mir im Flur die Schuhe auszog: „Stöhnen Sie etwa junger Mann? So alt sind Sie doch noch gar nicht!"

Und ich antwortete dann: „Klappern jehört zum Handwerk!"

Hans erzählte mir einmal, wie sein Schwager, ein Hauptmann der Wehrmacht, im Frühjahr 1945 in den Luftschutzkeller in der Wilhelminenhofstraße, in dem die Familie schon seit Tagen saß, reingekommen war und gesagt hatte: „Sofortige Abfahrt. Die Russen kommen und vergewaltigen alle Frauen!"

Sie waren dann mit einem Offiziersauto Richtung Nordwesten aufgebrochen, immer knapp vor der Frontlinie entlang. Am Straßenrand hatten Leichen gelegen, Bilder, die er sein Leben lang nicht vergessen hatte. Er war mit seinen Eltern auf einem Bauernhof nahe Schwerin geblieben, während seine Schwester mit dem Schwager nach Schleswig-Holstein gefahren war, um den Russen nicht in die Hände zu fallen. Dort kam der Schwager in britische Gefangenschaft. Nach der Ernte war die Familie mit einem Handwagen voll Lebensmittel in einem leeren Güterzug nach Berlin zurück gefahren. In ihrer Wohnung lebten fremden Menschen, die die Mutter rausschmiss. Und dann tingelte sie durch die Nachbarschaft und holte die ganzen Sachen zurück, die die Nachbarn geklaut hatten. Also nicht geklaut im engeren Sinne, denn schließlich waren alle davon ausgegangen, dass sie tot waren. Sein Spielzeug fand sich allerdings nicht mehr an.

Zu den schönsten Momenten bei ihnen zählte, wenn ich die Schlafzimmertür öffnete und mich in meine Kindheit zurückversetzt fühlte, weil es wie bei Omi roch. Das passierte nicht oft, aber wenn es diesen Moment gab, lief ich glückstrunken durch die Gegend.

Natürlich merkte man ihnen ihr Alter an. Manchmal passierten dann eben auch Malheure. So krachte es einmal, als sie im Bad war.

„Allet jut?", rief ich durch die Tür.

„Bin hinjefallen. Jetzt muss ick erstma zusehen, det ick wieder uff die Beene komme!", rief sie zurück.

Das dauerte eine ganze Weile. Glücklicherweise hatte sie sich nicht ernstlich wehgetan. Ich musste ihr versprechen, dass ich davon nichts ihrem Mann erzählen würde. „Sonst lässt der mich nich mehr alleene!"

Für ihn war manchmal der Weg ins Bad zu weit, dann zogen sie sich diskret zum Umziehen ins Schlafzimmer zurück und ich sorgte mit dem Wischmob dafür, dass keine Spuren auf dem Fußboden blieben. Ich fand das auch überhaupt nicht eklig. Passierte eben.

Ich war schon über zwei Jahre bei ihnen, als Hans einen Schlaganfall erlitt und ins Krankenhaus kam.

Das machte ihr natürlich mächtig zu schaffen, zumal es so schlimm war, dass eine Rückkehr in ihr Zuhause ausgeschlossen war. Ich besuchte sie danach noch drei Monate. Und wie immer nahm sie jeden Schicksalsschlag mit Fassung: „Der kann ja jetze nich mehr reden. Dit Jute daran is, da kann der mir aber och endlich ma nich widersprechen!" Als sie das sagte, glitzerte eine Träne in ihrem Auge.

Sie bekamen einen Platz im Pflegeheim. Hans sah ich nicht mehr, der kam vom Krankenhaus direkt dorthin.

Als ich mich von ihr an einem grauen Januartag verabschiedete, sagte ich: „Ich bin ganz doll schlecht im Abschiednehmen. Deshalb sag ich: Bis bald! Behalten Sie Ihren Humor!"

„Sie och, junger Mann!"

Wir umarmten uns zum Abschied. Und als ich ging, nahm ich den Geruch von Omi mit.

Ein Jahr wie eine Ewigkeit

Ich war jetzt über ein Jahr lang als Alltagshelfer unterwegs, hatte Schönes, weniger Schönes und ganz Bitteres erlebt und gesehen. Ich war in Messie-Wohnungen gewesen, war auf Vereinsamung im Alter getroffen und war mir trotzdem sicher, dass ich die richtig bösen Dinge bisher weitestgehend umschifft hatte. Dinge wie Armut, Verzweiflung und Verwahrlosung.

Die Auftragslage war in den letzten Monaten dünner geworden, und ich hatte für mich selber auch erkannt, dass ich zwar keine Probleme damit hatte, jemandem die Bude zu putzen, aber eigentlich wollte ich mich auch nicht als Putzfrau definieren. Meine Agentur nannte ich inzwischen „Kehr-Zone."

Kurzum, es musste also eine Veränderung her!

Vom Sozi*Aldi*enst im Krankenhaus Friedrichshain ließ ich mir einige Firmen nennen, an die sie sich für ihre Patienten wandten, wenn die entlassen wurden und eine Haushaltshilfe brauchten. Die erste Firma, die ich anrief, war vor allem auf Wochenbettbetreuung spezialisiert. Das fand ich super. Meine eigenen Erfahrungen mit dem Wochenbett lagen schon Jahre zurück, aber die plüschige Atmosphäre war mir in bester Erinnerung geblieben. Wir hatten ein nettes Gespräch, das mit folgenden Sätzen endete: „Aber selbst wenn ich es wöllte, könnte ich Sie bei uns gar nicht einstellen."

„Verstehe ich nicht. Warum denn nicht?"

„Na ja, das darf ich Ihnen so nicht sagen. Wegen dem Gleichstellungsparagraphen."

„Ach Sie meinen, weil ich ein Mann bin?"

„Darf ich so nicht sagen. Ein Großteil unserer Kundschaft verfügt über einen Migrationshintergrund. Da ist es unmöglich einen Mann als Wochenbettbetreuung zu vermitteln. Ich wünsche Ihnen aber trotzdem ganz viel Glück bei ihrer Suche."

Und es sollte nicht lange dauern, bis ich das Glück hatte. Ich fand nämlich den *Notsituationendienst* und bekam umgehend einen

Termin für ein Vorstellungsgespräch. Meine Lieblingspassage in diesem Gespräch war: „Bei uns gilt die Devise, wenn Sie irgendwo hinkommen, wo Sie sich nicht wohlfühlen oder das Gefühl haben, dass irgendetwas nicht stimmt, brechen Sie den Einsatz umgehend ab. Es nutzt niemandem etwas, wenn die Chemie nicht stimmt und Sie gegen ihren eigenen Willen etwas tun!"
Karamba, das gefiel mir ausnehmend gut. Vier Tage nach dem Termin hatte ich meinen ersten Einsatz.

Rebecca

Rebecca hatte einen fiesen Milchstau gehabt, der mit einem Krankenhausaufenthalt endete. Nach ihrer Entlassung brauchte sie eine Haushaltshilfe. Sie wohnte in der Nähe vom Alexanderplatz und spätestens der Fahrstuhl machte klar: „Hier wohnen Leute, die es sich leisten können." Ihre Wohnung war groß, hell und ein bisschen Afrika.

„Mein Mann und ich lieben Safaris", erklärte sie. Ihr Mann macht was mit Finanzen und war die ganze Woche über in Frankfurt am Main. Das Baby schlief und ich verlor sofort mein Herz an ihre Katze. Russischblau, noch ganz jung und verspielt. Rebecca gab mir eine Einkaufsliste für *DM* und so stand ich das erste mal nach zehn Jahren Pause wieder vor einem Babyartikelregal. Und hatte überhaupt keinen Durchblick. Also suchte ich mir eine Verkäuferin und sagte: „Guten Tag. Ich habe hier einen Einkaufszettel für Kinderkram und seh überhaupt nicht durch. Können Sie mir helfen? Sie sind doch vom Fach!"

Machte sie gerne.

Beim Wäscheaufhängen hatte ich Hilfe von meiner neuen Freundin Katze. Die sprang jedes Wäschestück an, was ich ausschüttelte, einmal sprang sie allerdings am Geschirrhandtuch vorbei und hing mit ihren Krallen in meinem Schritt. Was kein schönes Gefühl war. Beim Hemdenbügeln setzte ich sie allerdings vor die Tür. Nicht, dass das arme Ding sich noch die Pfoten verbrannte.

Bei Rebecca machte ich eine Erfahrung, die ich vorher noch nicht hatte, die mir aber danach noch öfters begegnen würde. Nämlich die Schlüppis von fremden Menschen aufhängen. Ich war echt verblüfft über das Großformat der Boxershorts vom Herrn des Hauses. Der musste wirklich riesig sein. Ihre Schlüpfer hingegen waren unauffällige Blümchenteile.

Ich fuhr gerne zu ihr, sie war tiefenentspannt und wenn die Arbeit erledigt war, machte ich Feierabend.

Sie hatte mir mal erzählt, dass ihr Mann sich aus Haushaltsdingen komplett raushielt. Sprich: überhaupt nichts machte. Das störte sie nicht, ich konnte mir so ein Leben allerdings nicht vorstellen.

Bei meinem letzten Termin bat sie mich, mit ihr die Urlaubskoffer zu packen. „Kein Problem", sagte ich. Wir packten allerdings nicht ihren Koffer oder den fürs Baby, sondern den von ihrem Mann.

„Nicht mal das schafft er?", rutschte mir raus.

„Nö", sagte sie.

Ich fand es unglaublich, mir von jemand anderem die Urlaubssachen packen zu lassen und den darüber entscheiden zu lassen, was ich in meinen Ferien anziehe. Aber offensichtlich gab es Menschen, denen das nicht so wichtig war. Auf jeden Fall packte ich noch einen Rollkragenpullover mit dazu. Schließlich konnte es ja auch im Sommer mal kalte Tage und Abende geben.

Nadine

Ich hatte mal eine Studie gelesen, wie viele Menschen sich auf der Arbeit verlieben. Es waren unglaublich viele!

Bei meiner Arbeit war das bis dato mehr als unwahrscheinlich gewesen, die Anziehungskraft die Rentnerinnen, selbst rüstige, auf mich ausübten, war einfach zu gering.

Nadine hatte eine schöne Stimme am Telefon, wohnte nur ein paar Straßen entfernt und brauchte wegen eines Tennisarms Hilfe im Haushalt.

Als ich zum ersten Mal zu ihr kam, stand sie mit dem Baby auf dem Arm im Flur und meinte entschuldigend, sie müsse schnell noch den Staubsauger wegräumen.

„Wie jetzt, hast du gesaugt, bevor ich gekommen bin?"

„Ja, das war mir so unangenehm und peinlich, wie das hier aussah."

„Oh je, das hättest du doch nicht machen müssen. Das ist mein Job, dazu komme ich ja hierher. Um dir zu helfen!"

Fortan sagte ich bei jedem Ersttelefonat mit neuen Klienten: „Und machen Sie bitte nicht sauber, bevor ich komme! Sonst hab ich ja nichts mehr zu tun!"

Wir tranken einen Kaffee und brauchten keinerlei Anlaufzeit miteinander. Im Gegenteil. Nach einer halben Stunde kannte ich ihr Leben und sie meins. Im *Leitfaden für Alltagsbetreuung und Haushaltshilfe* würde so etwas bestimmt als absolut unprofessionell deklariert werden, aber das war mir herzlich egal. Sie war alleinerziehend mit zwei Kindern. Den Vater hatte sie wegen Alkoholproblemen vor die Tür gesetzt, der wohnte jetzt in einem anderen Stadtbezirk und hatte eingeschränktes Umgangsrecht. Sie hatte immer wieder aufs Neue versucht, ihn vom Suff wegzubringen, aber er war jedes Mal wieder rückfällig geworden. Das hatte die Liebe irgendwann erstickt.

Neben dem üblichen Haushaltskram wünschte sie sich, dass ich koche. Das würde ihr unheimlich viel Zeit und Nerven sparen. Bei Klienten kochen war neu für mich, aber das empfand ich als angenehme Abwechslung.

Und so ging ich in den *Biomarkt* einkaufen und saß eine halbe Stunde später wieder an ihrem Küchentisch und schnippelte rote Beete, Kartoffeln, Karotten und anderes Zeug für Ofengemüse, während sie mir gegenübersaß und versuchte, für ihr Fernstudium zu lernen. Das sollten wir in den nächsten Wochen noch oft wiederholen. Ich versuchte zwar, meine Klappe zu halten, damit ich sie nicht ablenkte, aber eigentlich quatschten wir trotzdem fast die ganze Zeit.

Am Morgen eines unserer Termine schrieb sie mir, dass sie schreckliche Migräne hätte und ich vielleicht besser nicht kommen sollte, wenn mir das unangenehm wäre. Ich ging natürlich trotzdem hin. Sie sah fürchterlich aus, war leichenblass und entschuldigte sich für ihren Zustand. Ich schickte sie ins Bett. Dem großen Kind gab ich ein Malheft und das kleine Kind versuchte ich, mit Apfelstücken und Kinderliedern bei Laune zu halten. Als ich mal nicht aufpasste, verschwand das große Kind, um auf Klo zu gehen. Angeblich.

Denn kurz darauf saß er an ihrem Bett und spielte ihr auf der Bongotrommel ein Schlaflied vor. Das klang auch ohne Migräne wie ein Rundgang durch den neunten Höllenkreis. Während ich ihm deutlich zu verstehen gab, dass er sich vom Acker machen solle, rannte sie an mir vorbei ins Bad. Und entschuldigte sich.

Ich hatte einen Anschlusstermin, den ich nicht verschieben konnte, und ließ sie mit einem ganz schlechten Gewissen allein.

Beim nächsten Mal ging es ihr viel besser. Die Kita hatte allerdings immer noch geschlossen. Ich nahm das große Kind mit zum Einkaufen. An den Ampeln musste er meine Hand halten.

„Das muss ich bei Mama nie!"

„Bei mir schon! Ich kenn dich ja noch nicht richtig!"

Allerdings fand er das offensichtlich so gut, dass er auf dem Rückweg von alleine meine Hand griff. Und so liefen wir Hand in Hand durch Friedrichshain, bis vor die Haustür.

Nach zwei Monaten weigerte die Krankenkasse sich, eine Verlängerung zu bewilligen, und ich war mit meinen Stunden eigentlich schon deutlich über dem vorgesehenen Budget. Es hätte eine Lösung für mehr Stunden gegeben, die dann allerdings über das Jugendamt hätten laufen müssen. Und das wollte sie nicht. Was ich rational verstehen konnte.

Es gibt Dinge, die man sich nicht erklären kann, wo man nicht weiß, woher genau sie rühren. Ich hatte mich jedenfalls irgendwann in sie verknallt. In ihre tiefblauen und unergründlichen Augen, in ihre sanfte Art, in ihre Stimme, wenn sie Geschichten erzählte. Sie war größer als ich und viel zu jung, aber beim Verknallen geht es ja nicht immer darum, ob Dinge zueinander passen oder überhaupt möglich sind. Ich fand es jedenfalls doppelt traurig, als wir uns voneinander verabschiedeten. Darüber, dass wir nun nicht mehr zusammen in der Küche sitzen würden. Und darüber, dass diese angenehme Art, Geld zu verdienen, vorbei war.

Nadine ist die einzige Ex-Klientin, die ich ab und an noch treffe. Im Friedrichshain läuft man sich eben doch manchmal über den Weg. Ich kann sofort erkennen, wie es ihr geht. Manchmal sieht sie mich nicht, und wenn doch, dann umarmen wir uns. Und stellen fest, dass sie ja noch das Kinderbuch „Zackarina und der Sandwolf" von mir hat, das sie mir zurückgeben wollte. Irgendwann schaffen wir das vielleicht auch.

Was darfs denn zu trinken sein?

Eigentlich bin ich leidenschaftlicher Kaffeetrinker. Aber wenn man jahrelang im Büro arbeitet, sich so durch die Höhen und Tiefen des Tages kämpft, dann stellt man irgendwann erstaunt fest: „Boah! Waren das echt heute wieder acht Tassen?"

Die Medien helfen einem ja oft bei den Dingen, die man so tut. Weil sie schreiben, dass Kaffee gesund ist und den Blutdruck senkt und außerdem natürlichen Ursprungs ist. Bis sie dann plötzlich das Gegenteil behaupten. In den 90ern war ja auch ein Glas Rotwein mal ein gesundheitsförderndes Grundnahrungsmittel, das gegen alle Beschwerden half, dann wurde Rotwein plötzlich nur noch in der Dareichungsform Fingerhut empfohlen.

Irgendwann habe ich mal einen Coffeinentzug gemacht und bin auf Tee umgestiegen.

Nicht alle, aber die meisten Klienten fragten mich gleich am Anfang, was ich gerne trinken würde. Das war ganz oft ein schöner Moment, weil ich mich dadurch willkommen fühlte und nicht als irgendeine nützliche Servicekraft.

Dann sagte ich: „Tee! Am liebsten schwarzen."

Und lernte schnell, dass es so nicht funktioniert. Denn die Welt von Tee ist sehr groß.

Unter meinen ersten Klienten war ein Ehepaar, das in der Karl-Marx-Allee wohnte. Beide Doktoren, sie in Medizin, er in Physik. Klassische Ostbiographien, die durch die Wende zerstört worden waren. Wenn ich mit Putzen fertig war, setzten wir uns immer ins Wohnzimmer und tranken Fencheltee aus Sammeltassen. Das war schön. Und die beiden hatten so viel zu erzählen. Besonders darüber, wie viel Wissen und praktische Erfahrung mit der Wiedervereinigung vernichtet worden war, weil der Westen sich nicht für die Ostproduktion interessierte. Und das ganze Know-how dann teuer wieder aus Korea oder anderswoher zurückkaufte.

Bei anderen Klienten gab es nur Hagebuttentee, aber den konnte ich nicht ab. Genauso wenig wie Pfefferminztee. Deshalb trank ich dann doch auch öfters wieder Kaffee. Und halleluja, manche Pensionäre brühten einen Kaffee, der jeden Barista aus den Latschen gehauen hätte. Ich stand mehr als einmal mit Tasse und Zigarette auf einem Balkon in Köpenick und musste mich an der Brüstung festhalten, weil ich dachte, die hatten in den Kaffee Raketentreibstoff gemischt.

Bei jüngeren Klienten war die Tee-Auswahl diffiziler. Denn da gab es von *Toskanische Mandarine* über *Türkische Feige* bis hin zu *Emotional-Rescue Verbene* alles Mögliche, was ich nicht trinken wollte. Manchmal machte ich das aber. Um mich dann sofort darüber zu ärgern. Und mich zu fragen, warum man sich freiwillig irgendwelche Chemieexperimente einflößte und auch noch daran glaubte, dass es irgendetwas Gutes im Körper bewirken würde.

Aber natürlich wurden mir nicht nur Heißgetränke angeboten. Auch Bierchen um 9:30 Uhr, Sekt um 10:25 Uhr oder ein Rotwein um 10:45 Uhr gab es. Natürlich auch eine *Goldkrone* zum Kaffee um 11 Uhr. Gerade bei den Rentnern hätte ich mich schon vormittags kugelrundsaufen können. Wollte ich aber nicht.

Im Sommer war es eigentlich am einfachsten, da kam ich nämlich um all die Sachen drumherum, weil ich mir ein Glas Leitungswasser eingoss und sagte: „Das reicht mir."

Und weil es manchmal etwas dauert, aber irgendwann doch funktioniert, hatte ich gelernt, in meinem Rucksack immer eine Packung *Darjeeling*-Tee dabeizuhaben.

Das war aber auch wieder nicht so einfach.

„Ach Sie bringen sich ihren eigenen Tee mit? Schmeckt meiner nicht?"

„Ja wissen sie, im Märchenwald haben sich Herr Fuchs und Frau Elster immer gestritten, wenn sie Hagebuttentee getrunken haben. Deshalb trinke ich lieber anderen Tee."

„Und wenn wir einen Rum reinkippen? Streiten sich die beiden dann immer noch?"

Tja, das wusste ich nicht. Und wollte es auch nicht herausfinden.

Erik

Erik mochte ich vom ersten Moment an. Schon als wir das erste Mal miteinander telefonierten, um einen Termin auszumachen. Er erzählte mir später mal, dass er wegen meiner Stimme dachte, da kommt jetzt bestimmt so ein 1,90 großer breitschultriger Rocker.

Und beinahe hätte ich Erik ja auch nie getroffen, da ich in meinem ersten Jahr gelernt hatte, keine alleinstehenden alten Männer mehr zu übernehmen. Denn die waren meist sehr verschroben und herrschten über ein Messie-Reich, in dem man selbst nach aufwendigem Putzen nicht das Gefühl hatte, das irgendwas sauberer war.

Glücklicherweise hielt ich mich manchmal aber nicht an meine eigenen Prinzipien.

Erik wohnte in einem Neubaublock direkt an der Karl-Marx-Allee und als ich das erste Mal zu ihm fuhr, waren schon am Vormittag 30 Grad. Er war 83, einen Kopf größer als ich und fragte besorgt, ob ich die Hitze da draußen ertragen könnte.

Erik hatte gerade ein neues Knie bekommen. Aus Titan! Also, wenn ich Edelmetall sammeln würde, wäre ich bei ihm genau richtig. Was ich denn machen könne, fragte er mich.

„Na, das, was Sie brauchen!"

„Geht einkaufen?"
„Klar geht einkaufen. Hab ich schon als Kind in der Kaufhalle gelernt!"
Das wäre super, weil mit den Krücken einkaufen wäre immer so lästig. Da musste er sich immer den Beutel um den Hals hängen, weil er ja die Hände nicht frei hatte.
„Und Staubsaugen?"
„Klar, kann ich auch!"
Das wäre auch toll, weil das kriegt er mit den Krücken auch nicht hin. Da waren wir schon beim Du.
Er gab mir einen Einkaufszettel und Geld. Ich ging zu *Aldi* hinterm *Kino International*.
Als ich zurückkam, hatte er mir einen Flasche Bier hingestellt.
„Bei die Hitze musste ja wat trinken!"
„Es ist um 10 Uhr. Da trink ich noch Wasser. Und kein Bier!"
„Jut, denn nimmst du dir dit aber mit. Für zu Hause."
Nach dem Staubsaugen saßen wir wieder im Wohnzimmer und ich sagte: „Ich kann auch Fensterputzen."
„Hast du 'ne Macke? Weeste wat dit für 'ne Scheißarbeit ist?", sagte er daraufhin.
Damit war das Thema ein für allemal geklärt.
Zum Abschied zeigte er mir dann noch seinen Vorratsschrank im Flur. Der war voll mit Konserven. Seine Tochter hatte nämlich eingekauft, während er im Krankenhaus war.
„Also wenn hier demnächst 'n Atomkrieg kommt, denn kann ick noch drei Monate überleben."

Unser zweiter Termin war weniger aufregend. Da machte er nämlich nicht auf. Später schrieb er eine *WhatsApp*: „Dit tut mir leid. Hab den Tach vawechselt. Bin mit die Schwigatochta untawegs."
Ich schrieb zurück: „Alles gut! Wichtig ist, das nichts passiert ist und du nicht in der Wohnung liegst."
Als die Krankenkasse nicht mehr verlängern wollte, schlug er vor, dass er mich privat bezahlt.
„Na ja, das musst du entscheiden."

„Dit is mir dit wert! Ick ha schon soviel Jeld für Blödsinn ausjejeben in meinem Leben. Und dit wichtigste is, det meene Tochter mir nich uff den Keks jeht! Die will nämlich, det ick zu ihr nach Thüringen ziehe, weil die denkt, ick schaff dit hier nich alleene. Ick will da aber nich hin. Und mit dir hab ick 'ne jute Ausrede."
 Mir gefiel das. Ich war gerne eine gute Ausrede und vor allem freute ich mich, dass er nicht wie viele andere Klienten einfach verschwand, sondern mir erhalten blieb.

Union war gerade in die Bundesliga aufgestiegen und ich erzählte ihm euphorisch von der Saisonvorbereitung und den ersten Spielen, die bald anstehen würden. Für Fußball interessierte er sich eigentlich weniger, aber bald kannte er unsere Spieler. Sebastian Polter wurde sein Lieblingsspieler und natürlich der „verrückte Torwart mit dem irren Blick". Wenn wir uns Nachrichten schrieben, endeten die nicht mit „Bis Bald" oder „Tschüss" sondern stilecht mit „Eisern!"

Bald hatten wir unsere eigene Routine entwickelt und ich ging jeden Montag um 9 Uhr zu ihm. So begann die Woche mit einem angenehmen Termin. Ich brachte ihm immer das Wochenend-Magazin der *Berliner Zeitung* mit und er wurde ein großer Fan der Kolumnen von *Gutsch & Leo*. Die las er, während ich einkaufen war. Nach einer Weile brauchte ich eigentlich gar keinen Einkaufszettel mehr, aber er schrieb trotzdem einen. Drei Mal Brot, sieben Kiwi, Äpfel und Tomaten. Käse, Antipasti und Jogurt. Manchmal noch Extras wie Hagebuttentee oder Süßstoff. Dann besprachen wir den Spieltag und was alles passiert war in der letzten Woche, bevor ich Staub saugte und mich auf den Weg machte.
 Ich hatte mir aus den Ferien „Guten Morgen, du Schöne" mitgebracht und war extrem begeistert. Als ich ihm das Buch zeigte und fragte, ob er das kennen würde, verneinte er. Wollte aber mal reinschauen. Am selben Abend schickte er mir eine Nachricht. „Tolle Geschichten! Ich lass mir die jetzt vorlesen, da muss ich das Buch nicht halten."

Bei nächsten Mal erzählte er mir dann, er hätte das mal gegoogelt und da gab es eine DDR-Langspielplatte, die hätte er dann gestreamt. Erik war 83 und dann streamt er das einfach. Ich blickte mich vorsichtig um, ob ich nicht doch versehentlich bei *Verstehen Sie Spaß* gelandet war. Ein Gedanke, den ich bei Erik öfters hatte, wenn er es mal wieder geschafft hatte, mich vollkommen zu verblüffen.

Mich hatte er auch mal gegoogelt und fand das super, dass ich Bücher schrieb. Das mit „Hört Franka eigentlich noch Black Metal?" fand er zwar komisch, schließlich hätten die Black Metaller ja mal Kirchen in Norwegen angezündet, was er als Christ überhaupt nicht gutfand, aber neugierig war er doch.

Früher hatte er im Reichsbahnausbesserungswerk gearbeitet.

Darüber erzählte er oft. Von den Kollegen, die so viel gesoffen hatten, das sie ihre Arbeit nicht mehr machen konnten, vom Brigadier, der nur noch für Reinigungsarbeiten taugte, weil er die Finger nicht vom Schnaps lassen konnte oder von seinem besten Kumpel, der einen Arbeitsunfall nicht überlebt hatte. Ihm selber war glücklicherweise nie was Ernstes passiert, aber er hatte auch relativ früh die Finger vom Suff gelassen.

Seine Frau war vor einigen Jahren gestorben, er hatte sie lange gepflegt und, als es zu Hause nicht mehr ging, jeden Tag im Pflegeheim besucht und sich um sie gekümmert. Trotzdem war er nicht allein, sondern hatte oft Besuch von seiner Tochter, der Schwiegertochter, den Enkelinnen und anderen Verwandten. Manchmal gingen die ihm auch auf den Keks, aber eigentlich freute er sich immer. Sonntags fuhr er mit dem Fahrrad zum Gottesdienst in seine Gemeinde und debattierte anschließend mit dem Pfarrer über den Urknall. Mit mir versuchte er das auch manchmal, aber ich war ein ausgewiesener Urknall-Nicht-Experte und teilte ja auch seine Gewissheit über die Existenz Gottes nicht. Aber das machte nichts, weil wir ja jede Menge andere Themen hatten.

Als Weihnachten vor der Tür stand, kaufte ich ihm im Union-Fanshop eine Tasse. Für seinen Hagebuttentee. Da freute er sich wie ein Schneekönig. Ich allerdings entdeckte, das die Tasse nicht nur außen Union-Logo trug, sondern drinnen auch beschriftet war. Da stand: „Eisernes Mädchen". Mir war das unangenehm, er fand das allerdings total witzig und lehnte einen Umtausch entschieden ab.

Als Corona kam, hatte ich eigentlich bei Erik immer mit am meisten Angst, ihn anzustecken, aber er war auch einer derjenigen, die das ganze Theater mit Gelassenheit nahmen. „Den Blödsinn kenn ick schon aus'm Osten. Da musste ick immer durchs Desinfektionsbecken loofen, wenn ick in die Kantine wollte. Die ham bei die Grippewelle ja immer gleich richtig gehandelt und nich erst ewig diskutiert!"

Seinen Gottesdienst absolvierte er Sonntags online und Besuch bekam er trotzdem noch. Aber rausgehen wollte er nicht mehr. Dafür war die Fahrt zum Impfzentrum ein großes Erlebnis. Nicht nur, weil der Taxifahrer die ganze Zeit Unsinn erzählte, sondern auch, weil der Impfarzt von der Bundeswehr kam und die Kanüle so klein war, dass er überhaupt nichts merkte. Und sich nicht sicher war, ob er dieses Zeug überhaupt gespritzt bekommen hatte.

Ich hatte zu der Zeit angefangen, ein Buch über meine erste Saison 1982 als Union-Fan zu schreiben, und las ihm dann immer vor, was ich gerade neu geschrieben hatte. Das gefiel ihm. Einmal fragte er ganz verwundert, wann ich das alles geschrieben hatte.

„Es ist ja gerade nicht so viel los, da draußen", antwortete ich ihm.

Wenn ich mir bei meinen Lieblingsversandhändler im Internet mal wieder skandinavisches Bier bestellt hatte, brachte ich ihm eine Büchse zum Kosten mit. Das fand er spannend und zeigte mir stolz den 24-er Pack *Lapin Kulta* den er sich geordert hatte, weil ihm das am besten schmeckte. Na ja, und weil er noch nie zuvor finnisches Bier getrunken hatte.

Wir hatten gerade unser zweijähriges Kennenlernen begangen, als ich an einem tristen und verregneten Montagmorgen zu ihm kam. Im Flur stand ein Koffer.

„Was is denn bei dir los? Willste in den Urlaub?", fragte ich ihn.

„Heut is anders. Du musst mich ins Krankenhaus bringen! Mir gehts nich jut", sagte er.

Wir fuhren mit der Straßenbahn zum Krankenhaus Friedrichshain, ich begleitete ihn in die Rettungsstelle und sagte zum Abschied: „Mach keinen Quatsch! Und komm da bald wieder raus!"

Machte er aber nicht. Es dauerte fast zwei Wochen, bis sich seine Tochter bei mir meldete.

Erik hatte Darmkrebs, sie hatten ihn operiert und einen künstlichen Darmausgang gelegt, sein Handy war kaputt und nach der Entlassung musste er erstmal zu Reha.

Als ich ihn dann von dort abholte, erzählte er: „Nen faustgroßen Tumor hatte ick im Darm. Na ja, bin ja selbst dran Schuld, det ick so lange nüscht jemacht hab."

Mit dem künstlichen Darmausgang veränderte sich so ziemlich alles. Er ging nicht mehr vor die Tür, musste seine Ernährung komplett umstellen und einen Pflegedienst kommen lassen, der die Beutel wechselte. Was sich allerdings nicht änderte, war er. Er blieb, wie er war. Er war stolz darauf, das Union international spielte und glücklich, dass Taiwo Awony bei uns geblieben war. Den fand er nämlich nicht nur wegen seiner Tore gut, sondern auch, weil er Christ war.

Irgendwann zu dieser Zeit veränderte sich auch die *Berliner Zeitung*. Und damit verschwanden auch seine beiden Lieblingskolumnisten. Nun brachte ich ihm die ganze Samstagsausgabe mit, aber damit waren wir beide nicht wirklich glücklich. Das war immer irgendwie halbgar, und manchmal fragten wir uns, ob das jetzt noch eine vernünftige Zeitung, oder eine Schülerzeitung war, in der sich jeder mal austoben durfte. Aber wir lasen sie trotzdem. Ich am Wochenende und er am Montag. Und wir fanden immer Artikel, die wir entweder beide mochten, oder beide total bescheuert fanden.

Wenn man einmal im Fokus der Ärzte ist, dann finden die natürlich auch Dinge, von denen man gar nichts geahnt hat. Und so wurde festgestellt, dass er ein Problem mit dem linken Nierenflügel hatte. Um das zu beheben, sollte eine Schiene angebracht werden. Ich bracht ihn ins Krankenhaus, wo man ihn inzwischen schon mit „Hallo!" begrüßte. Eigentlich lief das ganze unter Routineeingriff, aber es gab Komplikationen und so sah ich Erik eine ganze Weile nicht mehr. Als ich ihn wieder abholte, erzählte er mit angesäuert, dass die Schiene nicht durch seinen Piephahn gepasst hätte und die ihn deshalb beschnitten hatten. Ihn, einen Christen! Mit 85 Jahren!

Zur Nachkontrolle mussten wir zum Urologen. Die Praxis war in einem Ost-Ambulatorium an der Storkower Straße. Ich hatte zu der Zeit überlegt, dass es auch für mich altersbedingt mal Zeit wurde, so einen Facharzt aufzusuchen. Insofern war das also ein nützlicher Informationsausflug. Der Warteraum war fensterlos, deprimierte alte Herren saßen auf den Stühlen, die so markiert waren, dass immer ein Platz frei zu bleiben hätte. An den Wänden hingen vergilbte Poster, die kranke Männerunterleibe zeigten. Ich konnte mich nicht erinnern, wann ich das letzte mal an so einem trostlosen Ort gewesen war. Der Arzt rief seine Patienten über Lautsprecher auf und vergaß dann, den auch wieder auszuschalten. Man konnte also live zuhören, wie Opa Schulze darüber klagte, dass es nix mehr wurde, mit dem Wasserhalten. Als ich die Schwester darauf aufmerksam machte, murmelte die: „Nicht schon wieder!" und rannte los. Als Nächstes tönte ihre Stimme über Lautsprecher: „Roter Knopf!" Dann war wieder Ruhe im Warteraum. Also außer dem leisen Jammern, Stöhnen und Schnaufen der alten Garde.

Erik war tapfer. Er hatte Angst vor dem Arzt und ich konnte das gut verstehen. Ich begleitete ihn ins Sprechzimmer. Der Arzt war sogar jünger als ich, hatte sich aber offensichtlich angewöhnt, in einer Lautstärke für Schwerhörige zu referieren. Die Werte waren nicht schlecht, man könne vorsichtig optimistisch sein.

Wir waren beide froh, als wir da wieder raus waren und auf das Taxi warteten. Für mich war klar, dass ich niemals als Patient dorthin gehen würde! Ich wollte gar nicht wissen, welches Trauma mein Gemächt erleiden würde, wenn ich es diesem Schreihals präsentieren müsste!

Manchmal erzählte Erik vom Krieg, von dem er das Ende ja bewusst miterlebt hatte. Er war mit der Kinderlandverschickung in ein Kaff in der Magdeburger Börde verfrachtet worden und hatte dort den Einmarsch der Amerikaner erlebt. Die hatten einige Dorfbewohner an die Wand gestellt. Danach kamen die Russen, die hatten dann noch mal sortiert und andere an die Wand gestellt. Seine Mutter war aus Berlin geflohen und ihm gefolgt. Die musste er nun vor dem rolligen Kommandanten der Russen schützen und bewahrte sie mehrfach vor einer Vergewaltigung. Einmal trat der Russe ihn einfach aus dem Zimmer, um zur Sache zu kommen, aber Erik rannte los und holte den Großbauern, der dem Russen eins mit dem Knüppel überzog und ihm so seine Liebeslust nahm. Ich konnte mir nur ansatzweise vorstellen, was solche Bilder mit einem Kind machen.

In Berlin spielte er dann zwischen Trümmern, im Winter kackten sie auf Zeitungen, ließen die Fäkalien gefrieren und heizten damit den Ofen. Manchmal gab es auf den kaputten Hinterhöfen Partys mit Akkordeonspielern und Tanzen und meistens schliefen er und seine drei Geschwister in einem Bett, damit niemand erfriert. Er war der Geschichtenerzähler in seiner Familie. Und der ist er ja auch geblieben.

In seinem Wohnzimmer hingen zwei Bilder von seiner Frau. Auf beiden lächelt sie. Und obwohl ich sie nie kennengelernt habe, spürte ich immer, wenn ich die Bilder betrachtete, die Wärme, die sie ausstrahlt. Sie muss etwas ganz Besonderes gewesen sein, eben eine Frau fürs Leben. Für sein Leben. Eine Frau, die so viel Elend und Schicksalsschläge erlebt und sich trotzdem ihre Menschlichkeit bewahrt hat. Die sich für Liebe statt für Verbitterung entschieden hat.

Er lernte sie über einen Freund kennen, der mit ihr zur Schule gegangen war. Die beiden verliebten sich, aber zu einem völlig falschen Zeitpunkt. Nämlich kurz bevor er zur Volksmarine musste. Da wollte er eigentlich gar nicht hin, aber wie das Leben so spielt, hatte er, aus einer Laune heraus, seine Verpflichtung unterschrieben. Und pflügte dann auf einem Minenräumboot durch die Ostsee, obwohl er ständig seekrank war. Aber auch das ging vorüber.

Er heiratete sie in der abbruchreifen Zionskirche, zog mit ihr zusammen in den Weinbergsweg und sie bekam zwei Kinder.

Irgendwann gab es positive Neuigkeiten! Sein Körper hatte sich soweit erholt, das der Darm zurückverlegt werden konnte. Dummerweise las Erik zu viel im Internet darüber und wusste gar nicht, ob der das auch wirklich wollte.
„Da gibts doch nichts drüber nachzudenken! Dann bist du den dämlichen Beutel endlich los und vor allem kannste endlich mal wieder ein Bier trinken!" war vielleicht nicht pädagogisch wertvoll, aber das überzeugte ihn. Ich hatte inzwischen gar nicht mehr mitgezählt, dass wievielte mal ich in inzwischen ins Krankenhaus brachte.

Anfang August startete Union in die vierte Bundesliga-Saison und wir hatten im Auftaktspiel Hertha BSC ordentlich weggepustet. Darauf waren wir beide stolz, obwohl er als Urberliner auch ein bisschen Mitleid mit den Herthies hatte. Ich hatte ihm das Buch „Die Botschaft der Riesenkalmare" von meinem italienischen Lieblingsautor Fabio Genovesi mitgebracht. Das hatte ich im Urlaub gelesen und wusste, dass es ihm gefallen würde. Drei Tage später schrieb er: „Das Buch ist genial!"
Ich freute mich schon sehr darauf, mit ihm darüber zu reden, denn schließlich liest man nicht jeden Tag ein Buch, das über Riesenkalmare, verliebte Nachbarinnen und geistersichtige Großmütter erzählt.
Aber dann bekam ich die Nachricht von seiner Tochter, dass er in der Wohnung gestürzt war, sich die Hüfte gebrochen und im Krankenhaus lag. Zu allem Unfug auch noch mit einer Corona-Diagnose.
Als ich ihn das nächste mal wieder sah, hatte er eine neue Hüfte und war in der Reha. Im Märkischen Viertel. Ich hatte selten so einen trostlosen Ort gesehen, mümmelnde Omas auf den Gängen, schlafende Greise in Gesundheitsbetten und der Geruch von Vergehen in der Luft. Erik hatte ein Einzelzimmer und wollte unbedingt nach Hause. Deshalb trainierte er auch wie verrückt.

„Heute bin ick die Treppe rejelrecht hochjerannt! Da hat der Physio jesacht, det ick bald rauskann!"
Er sah blass aus, war nur noch die Hälfte von dem, was er mal gewesen war, aber er wusste, dass wir Schalke mit 6:1 plattgemacht hatten und versuchte eine Lösung zu finden, um auf dem Krankenhausfernseher unser Heimspiel gegen die Bayern sehen zu können. 3:1 war sein Tipp.
Er versprach mir, ordentlich zu Essen und zu Trinken und auf jeden Fall durchzuhalten, bis Union den Europapokal gewonnen hat.

Während ich diese Geschichte schreibe, sind zwei Entlassungstermine verstrichen. Erst hatte er Durchfall, dann gingen die Nierenwerte durch die Decke. Er wurde auf die Intensivstation verlegt und bekam Morphiumpflaster. Innerhalb von zwei Wochen wurde aus dem Optimismus die Gewissheit, dass er nie wieder in seine Wohnung zurückkehren wird. Ich schreib das gerade mit Tränen in den Augen und hoffe darauf, dass er ein nächstes Mal zeigt, dass er ein Stehaufmännchen ist! Denn schließlich hat Union ja bis jetzt noch nicht mal ein Europapokalspiel gewonnen. Da ist es noch ein langer Weg bis zum Titel!

Seine Tochter schickte mir eine Nachricht aus dem Krankenhaus. Er war sehr schwach und konnte kaum noch reden. Aber sie sollte mir einen lieben Gruß bestellen. Und das er für mich beten würde.

Heute Nachmittag ist Erik gestorben. Er ist mit offenen Augen und ohne Schmerzen eingeschlafen. Seine Tochter hatte seine Hand gehalten. „Da, wo er jetzt ist, geht es ihm besser. Er hatte keine Angst vor dem Tod, weil er wusste, dass die Seele unsterblich ist", sagte sie am Telefon.
Mir laufen wieder die Tränen, während ich das schreibe. Obwohl ich es eigentlich noch gar nicht richtig fassen kann und emotional geschockt bin. Ich hab nicht nur meinen Lieblingsklienten verloren, sondern auch einen guten Freund.
Mach's gut, Erik, du eiserner Kamerad. Ich werd dich vermissen.

Der Montagmorgen wird ab jetzt eine andere Bedeutung haben. Und anders sein.
Am 27. September wurde Erik beerdigt. Selbst der Himmel weinte.

Ich und die Staubsauger

Ende der 80er Jahre gab es in Westberlin ein Fanzine mit dem schönen Titel „Ich und mein Staubsauger". Darin ging es um Musik, Konzerte und wilde Geschichten. Durch glückliche Fügungen bekamen wir die meisten Ausgaben schon vor dem offiziellen Erscheinen. Wie die Schmuggelwege damals funktionierten, weiß ich nicht mehr genau, aber ich glaube, mich zu erinnern, dass der Chefredakteur die höchstselbst über die Grenze brachte.
Viel mehr als der Titel des Heftes ist mir nicht mehr im Kopf hängengeblieben, aber das macht auch nichts.
Am Anfang meiner Arbeit fragten mich Klienten öfters am Telefon, wie das nun eigentlich wäre, und ob ich meine eigenen Reinigungsutensilien mitbringen würde. Manche waren sichtlich enttäuscht, als ich das verneinte und erklärte, dass ich ja mit öffentlichen Verkehrsmitteln anreisen würde und da bestimmt keinen Wischeimer und Staubsauger im Gepäck haben würde.
Eine Frau aus Köpenick kündigte mir deshalb, bevor sie mich überhaupt gesehen hatte.
Wenn man bei fremden Leuten zu Besuch kommt, achtet man ja auf viele Dinge. Auf die Möblierung, auf Poster oder Bilder an den Wänden, also allgemein auf den Wohnstil und ob man den gemütlich findet. Wenn man zu fremden Leuten in die Wohnung kommt, um dort zu putzen, ist der Fokus natürlich ein ganz anderer.
Zuerst nimmt man den Geruch wahr, der verrät oft schon eine Menge. Dann fixiert man Problemzonen. Das passiert ganz automatisch und nebenbei, während man noch im Kennenlerngespräch ist. Und dann lässt man sich die Reinigungsutensilien zeigen.
Ich war immer wieder aufs Neue erstaunt, wie viele verschiedene Putzmittel Menschen haben können!

Da gab es schon zehn verschiedene für die Küche, und im Bad ließ sich das noch übertreffen. Und natürlich durfte der Ultra-Küchen-Kalkentferner nicht im Bad angewendet werden! Weil dafür gab es ja ein Extra-Bad-Spezial-Kalkentferner-Mittel.

In der Regel ignorierte ich das ganze Gedöns, weil man mit Essigreiniger eigentlich alles sauber bekommt. Und wenn der Kalk sich zickig anstellt, hilft auch kein Spray. Dann braucht man Zitronensäure. Aber bei manchen Klienten war das nicht so einfach, weil die ganz besonders aufpassten. Ich brauchte eine Weile, bis ich entschlüsselt hatte, wie die das eigentlich mitkriegten. Und die Antwort war verwirrend. Nämlich mit der Nase. Da war der Boden nicht sauber (obwohl er sauber war), wenn nicht ein Hauch von *Sagrotan*-Desinfektionsmittel in der Luft schwebte.

Und dann gab es Klienten, die auf Nummer Sicher gehen wollten und schon mal für mich vorgearbeitet hatten. Da war dann die Klobrille mit Chlorreiniger eingeweicht, die Spiegel mit Glasreiniger vollgesprenkelt und der Backofen mit einer halben Dose Spray eingeschäumt. Das kostete mehr Zeit, den ganzen Quatsch zu beseitigen, als richtig sauberzumachen.

Und meine Schleimhäute bedankten sich immer ganz artig für so viel Aufmerksamkeit. Es gab tatsächlich Wohnungen, in denen meine Nase komplett mit weißen Kristallen verklebt war, nach so einer Vorarbeit.

Aber eigentlich sollte es ja um Staubsauger gehen. Denn das ist ja meistens das erste, womit man anfängt zu putzen. Ich habe leider nicht mitgezählt, aber in den ersten drei Jahren habe ich in bestimmt dreißig verschiedenen Wohnungen nicht ein einziges Mal den gleichen Staubsauger angetroffen.

Man kann also von Deutschland sagen, was man will, aber bei Staubsaugern herrscht offensichtlich noch Vielfalt und der Hang zur Individualität.

Da gab es dickbäuchige Geräte, die einen Flugzeugstart simulierten, wenn man sie anschaltete, da gab es Flüsterer, die man kaum hörte. Wahre Alleskönner, die alles verschluckten, was ihnen in den Weg kam und Mimosen, die sich weigerten, alles, was größer war als ein Brotkrümel, einzusaugen. Ich mochte am liebsten Sauger, die fröhlich schepperten, wenn sie Kieselsteine oder Legosteine verschluckten.

Was ich nie leiden konnten, waren die neumodischen High-Tech-Geräte, die kein Kabel mehr hatten und aussahen wie ein Ondulierstab nach der Hormontherapie. Denn da war das Problem, dass die Besitzer meistens vergessen hatten, den Akku aufzuladen. Wenn sie dann mal gingen, entschieden sie willkürlich, was sie einsaugten, und was nicht. Meist war das so wenig, dass ich danach noch mit dem Besen nachfegen musste. Der absolute Horror war aber, wenn sie der Meinung waren, sie hätten jetzt genug und die Schmutzauffangkammer musste gereinigt werden. Das konnten nur Menschen konstruiert haben, bei denen die sadistischen Wesenszüge dominant waren. Und es gab auch keinen Memory-Effekt, denn das nächste Modell, das ich antraf, hatte wieder ganz andere Öffnungsmechanismen.

Ganz ohne Motor, dafür umso dekadenter ist der *Swiffer*. Den kannte ich bis dahin gar nicht. Wer das ist? Ein Wischmob, der völlig ohne Wasser auskommt, weil man die Wischtücher aus einer Packung entnehmen und einspannen konnte. Wenn ich ein junger, ökomotivierter Mensch wäre, würde ich mich vor dem Werktor von dieser Firma ankleben, die solche Umweltsünden produzierte, und nicht auf irgendwelchen Straßen, dachte ich immer, wenn ich diesem Unsinn begegnet bin. Aber es gab Leute die bestanden darauf und da konnten dann auch schon mal drei Wischtücher im Müll landen, bevor der ganze Boden von Katzenhaaren und Alltagsstaub gereinigt war.

Wen ich bei meiner Arbeit leider nie getroffen habe, war der gute-alte-ostige Bohnerbesen. Also so ein Oldschoolgerät, mit dem man den Boden polieren musste, nachdem man ihn mit Bohnerwachs eingeschmiert hatte. Aber das lag vielleicht auch daran, dass Bohnerwachs inzwischen einfach in der EU verboten war.

Kein Reinigungsgerät im engeren Sinne ist der Wäschetrockner, mit denen hatte ich aber trotzdem immer viel Spaß. Am meisten verachtete ich die Dinger, die über eine eigene Zeitrechnung verfügten. Sie behaupteten ganz frech, dass sie noch 57 Minuten brauchen würden und wenn ich mich nach einer Stunde ans Ausräumen machen wollte, zeigte das Display nicht etwa eine Null, sondern 34 oder 45 Minuten an. Als Haushaltshilfe-Eleve bin ich da etliche Male drauf reingefallen und habe dann die Zeit rangehängt, weil ich ja auf Gründlichkeit bedacht war. Irgendwann war ich dann aber cool genug, um das Ding laufen zu lassen und zu gehen. Die Wäsche konnte schließlich nicht weglaufen und war auch in der nächsten Woche noch da.

Mai Ling

Zu Mai Ling kam ich wie die Jungfer zum Kind, also durch Empfehlung. Ich hatte zuvor im Winter 2020 einen Wochenbett-Job in Lichtenberg, in einer schönen Wohnung und es war super entspannt. Vermutlich hatte die Klientin in ihrer Krabbelgruppe dann immer den anderen Muttis vorgeschwärmt, dass sie es nicht fassen könne, und dass sie, immer wenn der Mikis dagewesen war, ihre Wohnung gar nicht mehr wiedererkannte, so sauber und ordentlich war die.

Das fand Mai Ling gut.

Mit mir hatte sie aber etwas anderes vor, ich sollte mich nämlich um ihren Sohn kümmern, der ein dreiviertel Jahr alt war. Nun war es aber so, dass „Kinderkrippe Mikis" geschlossen hatte. Für Kinderbetreuung war ich einfach zu alt. Füttern schaffte ich, mit Kinderwagen spazieren fahren auch, aber fünf Mal die Woche für vier Stunden auf ein Kind aufpassen, war überhaupt nicht mein Ding. Wir einigten uns dann darauf, das ich mich um die Wohnung kümmere und vielleicht auch um ihren siebenjährigen Sohn. Zum Beispiel mit dem zusammen kochen. Das klappte auch richtig gut. Also für fünf Minuten. Dann war er nämlich immer aus der Küche verschwunden und ich musste ihn irgendwo in der Wohnung suchen.

Also mischten wir die Karten neu und einigten uns darauf, dass ich mich um die Wohnung kümmere und alleine koche.

Sie hatte sich dann eine Kinderfrau aus Vietnam kommen lassen, die betreute das Kind und saß immer mit glänzenden Augen neben mir, wenn ich Wäsche zusammenlegte.

„Sie wusste nicht, dass Männer so etwas können!", erklärte mir Mai Ling. „In Vietnam machen Männer so etwas nicht!"

Ob ich in ihren Augen jetzt der einzige Schwule im Dorf war, wusste ich nicht.

Dann kam der Lockdown und wir verschoben die vielen Stunden auf die Zeit nach der Kontaktsperre.

Als wir uns das erste Mal wiedersahen, hatte der Kleine seinen ersten Geburtstag. In der vietnamesischen Community offensichtlich ein großes Fest, denn sie hatte einen Biergarten gemietet, zweitausend Luftballons gekauft, ein Planschbecken, eine Rutsche und weiß der Geier was noch. Und ich durfte beim Aufbauen und Aufpusten helfen. In Gedanken verglich ich die ersten Geburtstage meiner Kinder und fand die ganze Veranstaltung reichlich übertrieben.

Bei ihr zu Hause ging es oft zu wie in einem Taubenschlag. Mal wohnte ihr Bruder bei ihr, mal ein alter Mann. Mal kam ihre Schwester zu Besuch und oft ihre Mutter. Wenn die da war, war es immer besonders anstrengend. Nicht, weil sie irgendwie garstig war, sondern weil sie gern traditionell kochte und die ganze Bude dann nach Fischsoße stank. Ein fast unmöglicher Geruch zum Putzen.

Eines Tages erzählte Mai Ling mir, dass sie wieder schwanger war. Unbeabsichtigt, während des Spiralentauschs. Zwei Kinder wären ja eigentlich genug, aber wenn es nun so gekommen war, dann würde sie eben drei haben. Zwei Wochen später kamen sie und ihr Mann nach Hause, während ich putzte. Sie waren beide verstört und saßen sprachlos auf der Couch. Es war offensichtlich, dass etwas nicht stimmte. Das Baby würde schwerstbehindert geboren, und sie musste eine Abtreibung vornehmen lassen. Ich nahm sie in den Arm, weil ich nicht wusste, was ich sagen sollte. Das war unser innigster Moment.

Als das Stundenkontingent aufgebraucht war, schaffte sie es, vom Arzt eine neue Verordnung zu bekommen. Ich wehrte mich nicht dagegen, schließlich bedeutete das für mich auch gute Einnahmen.

Aber es hatten sich auch einige Dinge verändert. Ihre Wunschessen waren Spaghetti-Bolognese und Senf-Eier. Die hatte ich bisher immer frisch gekocht, aber sie fand es besser, wenn die fortan auf *Knorr*-Basis gekocht würden. Es widerstrebte mir zwar, diesen Instant-Mist zu benutzen, aber es war ja ihr Essen und nicht meins. Auch der Einkauf veränderte sich. Hatte ich bisher bei *Aldi* einige Kleinigkeiten gekauft, bekam ich nun per *WhatsApp* eine Liste für *Edeka*. Und die wurde immer länger. Es war die bekloppte Zeit der Masken, und so stand ich in einem rappelvollen Supermarkt, mit beschlagener Brille, und irrte zwischen Regalen hin und her, um alles zu finden. Der ganze Quatsch passte irgendwann auch gar nicht mehr in meinen Rucksack, und als dann auch noch Dinge dazu kamen wie sechs große Flaschen Wasser mit Sprudel und sechs große Flaschen ohne Sprudel, musste ich ihr sagen, dass ich das nicht mehr wegkriegen würde. Aber sie war pragmatisch und holte einen Hackenporsche aus der Abstellkammer. Ich stand vor einem Dilemma! Denn einerseits wollte ich ihr ganzes Zeug nicht schleppen, andererseits wollte ich nicht mit so einem Ding auf der Straße gesehen werden. Es passte überhaupt nicht zu meinem Selbstbild, mit so einem hässlichen Rentner-Volvo im Schlepptau unterwegs zu sein. Aber half ja alles nichts. Und so kam ich zu meiner Premierenfahrt, die noch viel anstrengender war, als alle Einkäufe zuvor.

Es gab immer mal wieder Pausen, in denen ich Mai Ling nicht sah, aber irgendwie schaffte sie es doch, wieder neue Bewilligungen zu bekommen.

Der Wäscheberg lag immer auf der Couch, wenn ich kam und manchmal fragte ich mich, ob sie einfach immer alle Klamotten aus dem Schrank nahm und in die Maschine stopfte. Es gab Tage, da war es so viel Wäsche, dass ich selber keinen Platz mehr auf dem Sitzmöbel hatte.

Der große Sohn hatte sich angewöhnt, seine Hosen so in die Wäsche zu packen, wie er sie ausgezogen hatte. Also immer auf linksrum. So bekam er sie dann auch in den Schrank gelegt. Das sparte mir nämlich nicht nur Zeit, sondern ich betrachtete das auch als Erziehungsbeitrag. Geholfen hat es nicht.

Wäschezusammenlegen ist etwas sehr Intimes, ob man will oder nicht. Sie trug am liebsten Strings. Die legte ich immer als letztes zusammen. Schon alleine deshalb, weil es eine echte Herausforderung ist, die Dinger ordentlich auf Kante zu falten. Ich wusste auch relativ gut Bescheid, wie es um ihr Sexleben stand. Denn wenn die rot-schwarzen Spitzenschlüppis (die ich für mich immer „Fick-mich-Schlüpfer" nannte) auftauchten, hatte es wohl Action im Schlafzimmer gegeben. Dann gab es wieder Wochen, in denen gar keine Untertrikotagen auftauchten. Weil die Phantasie ja besonders aktiv ist, wenn man meditative Dinge tut, erdachte ich dann das vietnamesische Schlüpfer-Fest, bei dem dann plötzlich alle Slips wieder auftauchen. Wie das gefeiert wird, habe ich aber nie rausbekommen.

Irgendwann hatte ich genug. Ich mochte sie und wir hatten ja auch nie wirkliche Konflikte, aber mich ärgerte die Maßlosigkeit. So wie die Einkaufslisten immer länger geworden waren, wurden auch ihre Wünsche immer mehr. Schimmelbekämpfung an Scheuerleisten und im Bad, Fensterputzen, Schränke ausräumen und neu sortieren. Am liebsten per *WhatsApp* geschickt, kurz bevor ich losgehen wollte. Sie setzte mich unter Stress, und um genau das nicht zu erleben, hatte ich mir diesen Job ausgesucht.

Glücklicherweise war genau dann das letzte Stundenkontingent aufgebraucht.

Anthony

Die Geschichte von Anthony lässt sich nicht ohne die Geschichte meiner neuen besten Freundin Clauds erzählen. Also fang ich ganz vorne an:

Ich lernte Clauds auf einer Lesebühne kennen. Ich las eine lustige Geschichte vor, sie eine traurige. Als wir später noch in einer Friedrichshainer Spelunke saßen, erzählte ich ihr, dass ich gerade mein Bürozimmer und damit meinen Rückzugsort verloren hätte. Sie meinte, sie fragt mal ihren Ex-Mann. Der würde in einer Vierraumwohnung wohnen. Und da wäre bestimmt noch ein Zimmer frei.

Er lehnte ab. Clauds meinte dazu nur: „Es gibt ja genügend Gründe dafür, dass er mein Ex-Mann ist."

Und sie erzählte mir noch viel mehr Geschichten über ihn. Kurzum, in meiner Wahrnehmung war Anthony, der Engländer, einfach nur ein Arschloch.

Clauds wurde meine beste neue Freundin, wir liefen Hand in Hand durch Mitte, liefen durch den Treptower Park und machten uns Mut - für das Leben, die Liebe und neue Geschichten.

Und dann rief sie mich an einem grauen Oktobertag an. Aus dem Krankenhaus. Bei Anthony wäre Lungenkrebs festgestellt worden. Und ob ich mir vorstellen könnte, für ihn zu kochen.

Nein! Konnte ich mir nicht vorstellen. Weil ich nicht für Arschlöcher kochen und nichts mit Krebskranken zu tun haben wollte. Solche Jobs hatte ich immer abgelehnt, da mir das zu nahe ging.

Anthony übernahm ich trotzdem, allerdings erst, nachdem meine Heilpraktikerin Auratropfen gemixt hatte. Dass Krebs nicht ansteckend ist, wusste ich natürlich auch, aber trotzdem fühlte ich mich mit den Tropfen viel sicherer.

Die nahm ich immer im Hausflur, bevor ich seine Wohnung betrat. Als ich ihn bei meiner Kochpremiere in seiner Wohnung das erste Mal sah, bekam ich einen großen Schreck. Er war Mitte 50 und sah aus wie 75. Er hatte sich Spaghetti Bolognese gewünscht. Ich verlief mich vier Mal beim Einkaufen im *Edeka*, fand die Gewürze nicht, kam mit dem Herd nicht zurecht und kochte eine Portion, die locker für fünf Tage gereicht hätte.

Kurzum, das Ganze musste optimiert werden!

Und so kaufte ich unterwegs ein, kochte bei mir zu Hause und brachte ihm dann zwei Portionen vorbei. Ich besorgte mir auch ein Krebs-Kochbuch, doch ich stellte schnell fest, dass Anthony der

Gesundheitskram überhaupt nicht schmeckte. Er war ein Freund der rustikalen Hausmannskost. Sehr gut, fand ich, denn das konnte ich sowieso am besten kochen. Positiver Nebeneffekt an der ganzen Sache war, dass ich für mich selber nicht mehr kochen musste.

Als die Chemo anfing, alterte er noch mehr. Wir schwatzten immer, wenn ich mit dem Essen kam, manchmal sah ich ihn auch nicht, weil er schlief. Dann stellte ich das Essen in den Kühlschrank und ging wieder. Nach ein paar Monaten waren wir ein eingespieltes Team und ich brauchte auch keine Aura-Tropfen mehr. Ich kochte Hackbraten, Eisbein, Hühnersuppe und Kassler. Manchmal gab es auch Rouladen, Blutwurst oder Weiße-Bohnen-Eintopf mit Speck.

Ich hab nie einen Tee mit ihm getrunken, aber er hat mir mal eine Packung von seinem Lieblingsschwarztee geschenkt. Den musste er immer aus England mitbringen, weil es den hierzulande nicht gab. Nach der ersten Tasse wusste ich auch, warum. Das Zeug fiel garantiert unter das Betäubungsmittelgesetz. Ich hatte zwei Stunden lang einen Spitzenblutdruck der Extraklasse und sah bunte Bilder.

Dann tauchte plötzlich Corona auf und machte nichts im Leben besser. Denn natürlich war Anthony Hochrisikogruppe und ich selber wusste ja nie, ob ich das mit mir rumschleppe und für andere ansteckend war. Andererseits war Essen natürlich wichtiger als Sorgenmachen.

Clauds sagte mir irgendwann, als das Frühjahr sich dem Ende neigte, dass Anthony trotz Chemo fünf Kilo zugenommen hatte.

Der Sommer brachte viele Erleichterungen, das Leben normalisierte sich wieder und Anthonys Werte waren super. Sogar seine Haare fingen wieder an zu wachsen. Und er konnte wieder lachen. Als Engländer natürlich am lautesten über schwarzen Humor. Über den Brexit konnte er allerdings nicht lachen.

Irgendwann rief Clauds mich an und sagte: „Um Gottes Willen, wir müssen aufpassen! Der hat schon über zehn Kilo zugenommen. Der wird noch fett, wenn du so weiter kochst!"

(Wie viel ich selber zugenommen, hatte, lasse ich an dieser Stelle mal außen vor.)

Heimlich nahm ich mir vor, die 15 Kilo-Marke bei ihm auch noch zu erreichen.

Ich kochte schon weit über ein Jahr für ihn, als die Diagnose kam, dass der Krebs zurück war. Dann ging es ganz schnell, er wurde wieder grau, hustete fast ununterbrochen und konnte kaum noch etwas essen.

Er starb in einem Hospiz, während Clauds seine Hand hielt.

Seine Asche stand monatelang auf einer Kommode, bevor Clauds nach England fliegen und ihn nach Hause bringen konnte. In Deutschland wollte er nämlich auf gar keinen Fall begraben werden.

Anthony hatte mir ganz am Anfang seine Deutschland-Card gegeben, damit ich beim Einkaufen Bonus-Punkte für ihn sammeln konnte. Ich benutze die immer noch. Manchmal gehe ich zu *Edeka* und hol mir von dem Guthaben ein Bier. Dann setze ich mich auf eine Parkbank und proste ihm zu.

Frau Beständig

Der Spätfrühling präsentierte sich hochsommerlich, als ich Frau Beständig bekam. Sie war nur eine Kurzzeitklientin, die vorher eine andere Betreuung gehabt hatte, die in den Urlaub gegangen war.

Aber sie passte gerade super in meine Wegplanung, weil sie genau zwischen zwei anderen Klienten wohnte. Nämlich direkt am U-Bahnhof Weinmeisterstraße.

Die U8 versuchte ich normalerweise zu meiden, denn das war die mit Abstand gruseligste U-Bahn-Linie Berlins. Die wurde ja nicht umsonst Junkie-Line genannt. Und wer Klischees liebt, der kriegt dann auch genau das, was er nicht sehen will. Nämlich einen jungen-alten Mann, der sich auf den Treppenstufen gerade mit einer schmuddeligen Spritze einen Schuss zwischen seine eitrig- aufgequollenen Zehen setzt.

Ihren Hauseingang fand ich erst nach einigem Suchen, aber das war eben auch der Mitte-Style. Sie wohnte in einem Ostneubau im Hinterhof. Das Treppenhaus war noch original, nur hatte der Zahn der Zeit da schon ordentlich dran herumgenagt. Alles war trostlosfarblos, bis auf die Briefkästen. Auf einem war ein Aufkleber vom BFC, auf einem klebte „Deutschland zuerst" und daneben war ein Sticker von *Die Linke*. An die Decke hatte jemand mit Feuerzeugrus „Fotze" geschrieben.

Im Vorbeigehen korrigierte ich die Schreibweise in meinem Kopf. Schließlich waren wir hier im Osten und da wurde das mit „V" geschrieben. Kurz danach korrigierte ich auch meine Manie, Treppengeländer anzufassen. Das fühlte sich nämlich an, als wenn da zuckerglasiertes Popcorn dran kleben würde.

Frau Beständig ging es nicht gut, das sah ich sofort. Und sie sagte es auch gleich im ersten Satz: „Ick bin völlich im Eimer!"

Das tat mir leid.

„Wie kann ich Ihnen helfen?", fragte ich sie.

„Bei die Schmerzen wohl eher jar nich!"

„Und im Haushalt?"

Da hatte sie auch keine Idee. Also spülte ich das Geschirr, saugte Staub und putzte das Badezimmer.

„Soll ich einkaufen gehen?"

„Um Jottes willen. Meene Tochter juchtelt schon die janze Zeit in die Koofhalle und kooft komischet Zeug. Fangen Sie bloß nich och noch damit an!"

Ich fragte sie, seit wann sie in der Wohnung wohnte.

„Sommer '89 sind die fertich jeworden und denn sind wa och gleich einjezogen. War 'ne verdammt ruhige Ecke damals. Hat aber nich lange anjedauert, denn war dit da unten wie uff'n Rummelplatz. Biste ja plötzlich direkt von de Haustür in die U-Bahn jestolpert."

Bis auf die Couch war die Wohnungseinrichtung noch vom Ersteinzug erhalten. DDR-Schrankwand, Couchtisch und Sessel. Das Alter hatte sie allerdings nicht schöner werden lassen.

„Beim nächsten Ma, wenn Se kommen, müssen wa ma den Koffer aus die Abstellkammer holen. Dann kann ick den für die Reha packen."

Nach exakt 29 Minuten stand ich wieder auf der Straße. Was für einen Drei-Stunden-Termin großartig war. Sie hatte in der Zeit zwei Mal gelacht. Das wertete ich als Erfolg, denn sie machte nicht den Eindruck, als wenn sie oft lachte.

Auf den U-Bahntreppen waren frische Blutspuren.

Drei Tage später war ich wieder bei ihr und wir unterhielten uns. Und dabei veränderte sich mein Blick vollkommen. Ich hatte sie nämlich eher in die Kategorie „Zu viel gelebt, zu viel gefeiert" einsortiert, aber dem war nicht so. Sie war ihr ganzes Leben lang Stationsschwester gewesen und hatte sich dabei ihre Gesundheit ruiniert. Jetzt konnte sie sich kaum noch bewegen und hoffte, dass die Reha daran was ändern würde. Ihren Mann hatte sie vor einem Jahr ins Heim bringen müssen, der war schwerst dement und es war unmöglich, ihn zu Hause zu betreuen. Er erkannte sie nicht mehr.

Ich holte den Koffer aus der Abstellkammer, saugte Staub, wusch das Geschirr und sie lachte diesmal drei Mal. Im Bad hingen vier Büstenhalter auf der Leine, die ich eher bei einer jungen Frau als bei einer Seniorin erwartet hätte. Bunt, mit viel Rüschen und Spitze. Aber warum auch nicht, schließlich gab es keine Altersbeschränkung für Unterwäsche.

Unser nächster Termin, war auch schon unser letzter, da die Reha bevorstand. Ihr Koffer stand gepackt im Flur. Wir tranken Tee, fachsimpelten über das Wetter und darüber, ob es im Osten besser gewesen war.

Sie hatte mitbekommen, dass ich Unioner war und fragte mich: „Kennste den eigentlich?: Klingeln die Kinder an der Tür und fragen: ‚Kommt der Torsten runter spielen?' – ‚Aber ihr wisst doch, der hat keine Arme und keine Beine.' – ‚Ja, aber er rollt so gut!'"

Sie prustete los und lachte schallend, ich brauchte eine Weile, bevor ich mitlachen konnte.

Dann verabschiedeten wir uns und ich wünschte ihr ganz viel Erfolg und Erholung bei der Reha. Als ich losging, war ich ein bisschen traurig, denn trotz des Weges war ich gerne zu ihr gegangen.

L. und die Schulmedizin

Laurine und Justus hatten mich im Frühling über die Agentur privat gebucht, da sie den Haushalt nicht mehr schafften und Entlastung brauchten. Sie hatten zwei kleine Kinder und Justus war nicht fit.

Sie wohnten nicht weit weg, ich brauchte acht Minuten Fußweg bis zu ihnen.

Vier große Zimmer, Küche und zwei Bäder. Laurine war Ärztin und gerade in Elternzeit. Hübsche Menschen waren sie nicht, aber das spielte ja für den Job keine Rolle.

Beim ersten Besuch einigten wir uns auf die Eckdaten: Wäsche zusammenlegen, Aufräumen und Wohnung putzen. Ich fing gleich mit dem Wäscheberg an, bei kleinen Kindern kommt ja da immer allerhand zusammen. Justus hatte ein Faible für schwarze Band-Shirts und Laurine für bunte Socken. Und Schlüppis.

Das beherrschende Gesprächsthema war natürlich Corona, und es war ziemlich schnell klar, dass Laurine als Schulmedizinerin da komplett die Meinung von Drosten & Co. teilte und alle Maßnahmen für noch viel zu lasch hielt.

Zu putzen war jede Menge und nach den drei Stunden war ich echt platt.

Es wurde dann bald zur Routine, ich ging jeden Mittwoch Vormittag hin, hörte mir Virologengeschichten an und machte sauber. Justus war dankbar und machte mir immer, wenn ich kam, einen schwarzen Tee. Laurine forderte mich öfters auf, doch bitte gründlicher zu putzen. Sie hätte im Bad nämlich noch schwarzen Staubspuren entdeckt, oder das Klo war nicht so sauber, wie sie es eigentlich wünschte.

Einmal fand ich beim Staubsaugen im Schlafzimmer ein benutztes Kondom neben dem Bett. Wie konnte man so was vergessen, fragte ich mich. Die kontaminierte Bettseite saugte ich dann auch nicht.

Aber insgesamt war der Job schon in Ordnung, und es war nicht so, dass ich extrem widerwillig dorthin ging.

Als der Herbst begann, musste Justus für mehrere Wochen in eine Klinik und sie hatten mich gefragt, ob ich in der Zeit mehr Aufgaben übernehmen könnte. Zum üblichen Kram kam jetzt noch Einkaufen und gegebenenfalls Kochen hinzu. Klar!

Und da inzwischen Impfstoff für alle vorhanden war, drehen sich meine Gespräche mit Laurine nun auch immer öfter darum. Sie war natürlich dafür, ich war nicht dafür. Sie schilderte mir die Gefahren der Krankheit, ich erzählte ihr von meiner Skepsis gegenüber einer Impfung, die nicht genug erforscht war. Dabei stritten wir nicht, jeder hörte sich die Argumente des anderen an. Als ich irgendwann mal zu ihr kam, war sie ganz aus dem Häuschen, denn sie hatte einen Arzt gefunden, der ihr die dritte Dosis verabreichen würde. Und so tanzte sie ausgelassen in ihrem Wohnzimmer und sang: „Ich werd bald geboostert. Ich werd bald geboostert ..."

Kurze Zeit später hatte sie auch noch einen Arzt gefunden, der ihre kleinen Kinder impfen würde. Auch das verführte sie zu einem Freudentänzchen. So ausgelassen und selig habe ich sie nur in diesen zwei Momenten erlebt.

Ich hielt meinen Mund, weil sie ihre Kinder sowieso impfen lassen würde. Bedenken hatte sie da keine. Ich schon.

Natürlich unterhielten wir uns auch über andere Sachen. Beispielsweise über alternative Medizin. Da waren wir aber auch verschiedener Meinungen. In ihrer Welt war das nämlich alles Firlefanz. Nicht bewiesen, nicht faktenbasiert und schließlich hätte der letzte Drosten-Podcast das ja auch eindeutig geklärt.

Manchmal redeten wir über Fantasy-Literatur, da deckte sich unser Geschmack einigermaßen.

Irgendwann gab es mal ein Terminkoordinierungsproblem, was sich relativ leicht lösen ließ, indem sie mir den Schlüssel geben und ich den nach getaner Arbeit in den Briefkasten werfen würde.

Das stellte sie vor ein Problem. Denn sie vertraute mir nicht.

„Meinst du, ich gehe dann nachts in die Wohnung und spiele heimlich mit den Legobausteinen?", fragte ich sie.

Sie gab mir den Schlüssel, aber das war auch der Moment, in dem ich mich innerlich und endgültig von dem Job verabschiedete.

Wenn man jemandem, der einem fast ein Jahr lang die Unterhosen zusammenlegt, Essen kocht und das WC saubermacht, nicht vertraut, dann ist einem auch nicht mehr zu helfen. Aber vielleicht lag das ja auch an meinem Impfstatus. Oder an ihrem.
Ich blieb noch, bis Justus aus der Klinik entlassen wurde, dann beendete ich die Zusammenarbeit.

PS: Reminder an mich selbst: Justus hat noch ein Buch, das ich ihm für den Klinikaufenthalt geborgt hatte!!!

Drive Safe!

Ob 2021 das Jahr des Fahrrads war, weiß ich nicht. Jedenfalls bekam ich in diesem Jahr mehrere Klienten, die einen Fahrradunfall gehabt hatten. Ich hatte meine Fahrad-in-der-Stadt-Karriere schon vor langer Zeit beendet, das war mir einfach viel zu anstrengend und zu nervenaufreibend geworden.

Die angenehmste Klientin wohnte am Nöldnerplatz. Das war für mich der absolute Luxus, denn der Anfahrtsweg betrug genau eine S-Bahnstation und drei Minuten Fußweg. Besser ging's eigentlich nicht. Sie wohnte in einer ehemaligen Eisenbahner-Genossenschaftssiedlung, die Häuser waren mit roten Backsteinen verkleidet. Ich kannte diese Siedlung schon, da hatte ich im Sommer zuvor schon einmal Klienten gehabt. Nicole hatte ein Gipsbein (also so ein neumodisches) und war mir sofort sympathisch. Genau wie die Wohnung. Drei Zimmer, kleiner Balkon und praktisch, gemütlich eingerichtet. Und eine sehr angenehme Aura. Ich merkte sofort, dass hier positive Energie herrschte.

Sie war auf dem Weg zur Arbeit von einem Transporter gestreift worden und hatte Glück im Unglück. Es war ein glatter Bruch, der gut heilte und die Berufsgenossenschaft hatte alle Kosten übernommen. Auch für mich.

Im Schlafzimmer hingen zwei große Porträts von ihr. Leicht bekleidet und mit Schwangerschaftsbauch. Sehr schöne Bilder.

In das Kinderzimmer verknallte ich mich sofort. Es gab ein Etagenbett und das Spielzeug war ordentlich sortiert. Die große Tochter spielte offensichtlich links und der kleine Sohn hatte die rechte Seite übernommen.

Im Wohnzimmer gab es einen großen Fernseher, der als Staubfänger fungierte. Was man im Sonnenlicht besonders gut sah. Und auch nachdem ich ihm mit dem Staubwedel meine Aufwartung gemacht hatte. Nicole musste darüber lachen, denn das ging ihr genauso.

Wir erzählten uns Geschichten über unser Berufsleben. Sie machte was mit Statistik, was viel spannender zu sein schien, als es im ersten Moment klang.

Mein Lieblingsmoment bei ihr war, nachdem sie aus dem Osterurlaub zurückgekehrt waren. Dort hatte sie ein später Wintereinbruch überrascht. Das muss den Kindern gefallen haben, denn an den Sohlen der Hausschuhe im Flur klebten Ski aus Papier. Das rührte mich so, dass ich mir die Tränen verkneifen musste. Warum, wusste ich nicht. Aber das war auch egal.

Wie so oft war auch bei Nicole der Bewilligungszeitraum viel zu schnell vorüber. Wenn ich nach Lichtenberg fahre, schau ich immer aus dem S-Bahn-Fenster zu ihrem Haus.

Olivia

Es war warm geworden, als ich Olivia als Klientin bekam. Sie wohnte mitten im Prenzlauer Berg und war eine spanische nonbinäre Performance-Künstlerin.

Im Gegensatz zu Nicole hatte sie kein Glück im Unglück gehabt. Sie war über eine Beifahrertür gesegelt, war auf dem Asphalt aufgeschlagen und hatte neben einer schweren Gehirnerschütterung einen Trümmerbruch am linken Bein erlitten. Der Unfallverursacher hatte Fahrerflucht begangen. Da wollte dann natürlich auch niemand für bezahlen. Die Krankenkasse hatte ihr aber aus Kulanz-Gründen wenigstens die Haushaltshilfe genehmigt.

„Ich sach mal so: Ich hätte auch tot sein können! Da darf ich mich ja nicht beschweren!", erklärte sie mir mit leichtem Berliner Slang und schwerem spanischem Akzent.

Ich ging für sie im Bioladen einkaufen, kochen wollte sie aber selber. Soviel Autonomie wollte sie sich bewahren und stehen konnte sie schließlich.

Ihre Wohnung war im Osten wohl mal ein Büro gewesen, hatte ein wunderschönes Parkett mit Patina und Flügeltüren. Ich wäre da sofort eingezogen.

Das Staubsaugen war eine echte Herausforderung, da ihre langen rot gefärbten Haare offensichtlich einen Hang zum Ausfallen hatten und wirklich überall herumlagen. Und Wischen war eine einzige Katastrophe, da ihr Wischmopp alles mögliche war, aber schon lange kein praktikables Reinigungsgerät mehr. Der hatte sich seine Pensionierung mehr als verdient.

Wir verabredeten einen nächsten Termin und ich bot an, unterwegs einen neuen Wischmopp zu besorgen.

Was sich aber als schwierig herausstellte. Denn weder bei *DM* noch bei *Rossmann* gab es passende Modelle, sondern nur noch neumodisches Zeug. Mit komischen Lappen-Fransen oder mit Mikrofaserbodentüchern. Das passte nicht.

Vielleicht durften keine Wischmopps mehr produziert werden, die aussahen, als wenn sie Rastazöpfe hätten, weil Kundinnen unwohl geworden war im Markt und sie kulturelle Aneignung vermuteten.

Olivia begrüßte mich in einem hellblauen Glitzermantel (unter dem sie nichts trug), auf dem Kopf hatte sie einen Turban und im Gesicht einen angeklebten Schnurrbart. Sie nahm gerade eine Videosequenz auf und ich sollte am besten im Bad anfangen heute.

So konnte ich nicht sehen, was sie da aufnahm, aber zumindest hören. Es klang wie Free-Jazz ohne Instrumente. Sie schrie, kreischte, schluchzte und jaulte und dann war plötzlich Ruhe. Sie verfügte unüberhörbar über ein gewaltiges Stimmvolumen.

Als ich im Bad fertig war, hatte sie sich einen Jogginganzug angezogen und verstaute gerade die Einkäufe im Kühlschrank. Ich nahm die Wäsche von der Leine und legte sie zusammen.

Ich hatte in den 90ern selbst mal eine Zeit lang im Prenzlauer Berg gewohnt, und manchmal wurde ich nostalgisch, wenn ich da durch die Straßen lief. Aber von dem, was damals schau war, war kaum noch was da. Die ganzen improvisierten Kneipen und Spelunken waren verschwunden und der morbide Charme war wegsaniert. Das wusste ich natürlich. Wie schlimm es allerdings wirklich geworden war, erkannte ich beim dritten Termin. Der war am späten Nachmittag, weil sie zur Physio musste, und die Sonne schien. In ihrer Straße hatten die ganzen Trattorias, Feinkostläden und Biomanufakturen Tische und Stühle auf den Gehweg gestellt und die Anwohner spielten Toskana-Feeling. Bei mir kamen allerdings keine Urlaubsgefühle auf, sondern Brechreiz.

Diese ganzen borniertven Wohlstandsvögel, die sich da breitmachten, als gehöre ihnen die Welt, ekelten mich an. Mütter erklärten ihren Kindern, dass nur veganes Eis gutes Eis ist. Projektmanager stießen mit Projektmanagerinnen auf erfolgreiche Geschäfte an und bei Bedarf führte man auch über die Straße hinweg kurze Gespräche, wie gut die Auszeit auf Sardinien oder im Yoga-Retreat getan hätte. Oder man rief sich zu, dass man sich ja nächste Woche auf der Eigentümerversammlung treffen würde und danach noch zusammen einen guten Chablis trinken würde.

Das Schlimme war, ich musste gar nicht genau hören, was sie sagten. Es reichte schon allein die Art, wie sie es sagten. Diese leimige und aufgesetzte Redeweise von Erfolgsmenschen, die sich sicher sind, dass genau sie diesen Erfolg verdient haben.

Olivia hatte für diese Leute auch nichts übrig.

Als ich das nächste Mal zu ihr ging, es war wieder an einem Nachmittag, kam ich in einen Regenguss, der es in sich hatte. Innerhalb von fünf Minuten war ich klatschnass. Also nicht nur ich, sondern alle anderen auch. Und dabei stellte ich fest, dass auch der Büstenhalter aus dem Prenzlauer Berg verschwunden war. Im Normalfall wäre mir das nicht aufgefallen, aber wenn fast jede Frau so aussah, als hätte sie gerade an einem Miss-Wet-T-Shirt-Contest teilgenommen, dann war das schwer zu übersehen.

Ich flüchtete mich in ein Haushalts-Krimskrams-Sonstwas-Laden und dort fand ich tatsächlich das Objekt meiner Begierde! Einen Wischmopp mit rundem Kopf und lauter weißen Rastazöpfen daran. Genau das, was ich gesucht hatte. Und dann auch noch zum unglaublichen Preis von 4,55 Euro.

Bei Olivia machte eine fremde Dame die Tür auf und ließ mich rein. „Wir machen gerade ein Fotoshooting. Fang doch im Bad an!", hörte ich Olivia rufen.

Ich rief: „Mach ich!", und schaute heimlich um die Ecke.

Sie trug einen erdfarbenen Umhang aus Sackleinen (mit nichts drunter), auf dem Kopf saß eine Dornenkrone, ins Gesicht hatte sie sich einen Vollbart geklebt und im Mund steckte eine Friedenspfeife. Was sie daraus rauchte, war, trotz offenem Fenster, leicht zu erkennen.

Ich putzte das Bad und stellte fest, dass die Waschmaschine zwar angeschaltet war, aber nicht lief. Nachdem das Fotoshooting beendet war, machte ich sie darauf aufmerksam.

Nachdem sie ein paar Klamotten rausgenommen und in die Badewanne gelegt hatte, lief die Maschine problemlos weiter. Und sie rief: „Ich liebe meine Waschmaschine! Die beschützt sich selbst davor, kaputt zu gehen. Ich liebe sie!" Das gefiel mir.

Die meisten Termine waren easy und durch die Physio konnte sie ihr zusammengeflicktes Bein schon fast wieder normal benutzen. Bei unserem letzten Treffen durfte ich, zumindest akustisch, noch mal an einer ihrer Videoaufzeichnungen teilnehmen. Dem Klang nach handelte es sich dabei um die Nachstellung eines Geburtsvorganges. Eine sehr tonreiche Nachstellung.

Joshua

Joshua übernahm ich im Spätsommer. Er war angefahren worden und hatte schwere Kopfverletzungen davongetragen. Ihm ging es aber schon wieder gut und er stand vor dem Anfang einer Reha-Maßnahme. Deshalb bekam er die Haushaltshilfe bewilligt.

Er wohnte in Lichtenberg, und als ich das erste mal vorbeikam, saß er gerade mit seiner Frau und der einjährigen Tochter am Frühstückstisch. Eigentlich wollten sie schon lange fertig sein, aber irgendwie hatten sie die Zeit vertrödelt.

„Esst mal in Ruhe, ich fang einfach mit der Küche an", sagte ich. War nämlich nicht schwierig zu sehen, dass da einiges an Arbeit wartete. Das Kind fand mich spannend, die kam alle paar Minuten an, guckte um die Ecke, um zu schauen, was ich mache, und verschwand dann wieder. Das versuchte sie natürlich heimlich zu machen, klappte aber nicht.

Den beiden Erwachsenen war es unangenehm, mir zu erzählen, was sie sich wünschten, sie kannten so eine Situation nicht. Aber ich erklärte ihnen, dass es für mich völlig normal wäre, wäre ja schließlich mein Job. Wir machten eine Wohnungsbegehung. Wohnzimmer mit Essplatz, Schlafzimmer und Arbeitszimmer mit Klappcouch (für denjenigen, der nachts durchschlafen musste). Alle Zimmer mit schönem Dielenfußboden, Doppelfenster der alten Schule und luftig eingerichtet. Was gemacht werden musste, war eigentlich selbsterklärend.

Die drei gingen dann raus in den Park, damit ich in Ruhe putzen konnte. Das fand ich gut, denn es machte viel mehr Spaß eine neue Wohnung zu erkunden, wenn man alleine war.

Wohn- und Schlafzimmer gingen zur Straße raus, gegenüber waren keine anderen Häuser und die Sonne schien strahlend durch die Fenster. Also wirklich ideal zum Nacktputzen.

Nicht dass ich das vorhatte, aber mir fiel beim Staubsaugen der Westberliner 90er-Jahre-Trend wieder ein. In den Kontaktanzeigen der *Zitty* wimmelte es damals regelrecht von Typen, die bei anderen Leuten ohne Anziehsachen saubermachen wollten. Den Kick daran hatte ich nie verstanden.

Der Wäschetrockner war voll, und ich musste mal wieder feststellen, wie kompliziert es war, Babysachen zusammenzulegen. Besonders Strampler scheinen ja ein Eigenleben zu führen und sich aus lauter Bosheit selber wieder zu entfalten. Er trug Boxershorts, sie Strings. Wie ich in der Unterwäschebox im Schlafzimmer gesehen hatte, legte sie die auch nicht zusammen, sondern warf sie da einfach rein. Ich natürlich nicht!

Als ich mit allem fertig war, setzte ich einen Plüsch-Teddy in den Hochstuhl und gab ihm ein Pappbilderbuch in die Hand.

Bei den nächsten Terminen war Joshua meist schon losgegangen, oder wir sahen uns nur kurz und gaben uns die Klinke in die Hand. Das Kind versteckte sich oft hinter den Beinen von Jasmin, was nicht schwierig war, denn die waren sehr lang. Wir spielten dann eine Weile Kuckuck. Was sehr lustig war.

Jasmin war Ende zwanzig und steckte gerade in einer Krise. Die beruflichen Dinge, die sie vor der Schwangerschaft gemacht hatte, wollte sie nicht mehr machen, aber sie hatte auch noch keine Idee, was sie sonst machen wollte. Sie freute sich darauf, dass ihr Kind in den Kindergarten gehen würde, aber sie hatte auch Angst davor. Sie hatte kein Interesse daran, Karriere zu machen, aber sie wollte auch nicht zu Hause rumsitzen. Sie wollte etwas machen, was sie erfüllte. Ich verstand genau, was sie meinte. Wir redeten viel darüber.

Und über Homöopathie, denn als ich im Küchenschrank aufräumte, fand ich diverse Medikamente, die schon die hohe Schule waren, also die man nicht hatte, wenn man sich mal in einem Ratgeber oder im Internet belesen hatte. Die meisten davon kannte ich. Wie sich herausstellte, war ihre Mutter Heilpraktikerin, die sie regelmäßig damit versorgte. Heimlich versorgte ich mich auch und klaute mir *Hepar-Sulphuris*-Kügelchen von ihr. Aber erst nachdem ich ein Plüschtier in den Hochstuhl gesetzt und ihm ein Buch in die Pfoten gegeben hatte.

Ich fuhr da sehr gerne hin und freute mich auf die Termine. Auf dem Weg zu ihnen lief ich immer an dem Haus vorbei, in dem meine erste feste Freundin gewohnt hatte. Wenn ich da vorbeilief, sang ich aber nicht etwa „Jugendliebe" vor mich hin, sondern „Lied von Schottland".

Eigentlich hatte ich überlegt, ob es in diesem Buch ein Kapitel mit der Überschrift *Die Erotik und andere Gespenster* geben sollte. (Dieser Titel ist von Louis Bunuel geklaut, aber eine schöne Gelegenheit mal zu zeigen, was ich für intellektuelle Bücher in meinem Regal zu stehen habe!)

Das Kapitel gibt es nicht, aber hier ist die perfekte Überleitung dazu.

Natürlich schaut man als Haushaltshilfe niemals in die Nachttischschubladen von Klienten. Niemals! Auch wenn man die Schubladen von außen putzt, zieht man die natürlich nie auf. Warum auch? Weil man am Ende dann doch neugierig ist?

Ich hab das nie gemacht, außer manchmal vielleicht. Und wenn, dann nur, weil ich gesehen hatte, dass da besonders viele Fettflecken dran waren. Und natürlich wollte ich nie wissen, was sich da für Entspannungshilfen versteckt hatten.

Es war enttäuschend, meistens fanden sich nur *Ohropax*, Schlafbrillen oder Tempo-Taschentücher.

Jasmins Nachtisch war hingegen eine wahre Oase der Frivolität! Da gab es biologisches Gleitgel, einen organisch-yogaesken Vibrator aus der *Yoni*-Kollektion und Unangezogenbilder von ihr. Ich würde mal vermuten, das war in den Wochen meiner Tätigkeit der Platz in der Wohnung, wo ich an meisten Staub gewischt hatte.

Joshua bekam von der Krankenkasse zwei Wochen Verlängerung und aus Sommer war Herbst geworden. Jasmin hatte sich entschlossen, Hebammen-Assistentin zu werden. Joshua würde in einer Woche seinen Job wieder aufnehmen.

Er drückte mir zum Abschied die Hand und sagte: „Danke Mikis! Du hast uns sehr doll geholfen. Ich kann aber leider nicht sagen, es würde uns freuen, dich wiederzusehen. Denn das würde ja heißen, dass jemandem von uns wieder etwas passiert ist."

Jasmin schenkte mir einen Präsentkorb. Mit *Darjeeling*-Tee, italienischem Käse und Bitterschokolade. Ich hatte auch ein Abschiedsgeschenk. Nämlich das Buch „Bei der Feuerwehr wird der Kaffee kalt".

Aber das übergab ich diskret. Ich zog dem Lieblingsplüschtier *Fuchsi* einen Strampelanzug an, setzte ihn in den Hochstuhl und packte ihm das Buch in die Hand.

Bestimmt kannten sie das Buch bald auswendig.

Enjoy The Silence

Wie viele andere Menschen bin auch ich ein Gewohnheitstier.

In den ersten Jahren meiner Tätigkeit waren die zumeist alten Menschen ja immer da, wenn ich durch ihre Wohnungen gedüst bin. Da hatte man dann entweder Gespräche, direkte oder auch indirekte, also von einem Raum zu anderen. Oder es war still. Manchmal lief ein Radio, dann meistens *Berliner Rundfunk*.

Im Fernsehen haben Putzis meistens fette Kopfhörer auf, hören laute Musik und singen mit. Das fiel bei mir aus, schon alleine deshalb, weil ich eine Kopfhörerallergie habe. Erst recht in fremden Wohnungen. Außerdem empfand ich das als unhöflich, schließlich hätte ich ja nicht gehört, wenn ich nach etwas gefragt wurde.

Irgendwann kamen dann immer mehr Jobs, bei denen ich alleine war, und mir fiel die Stille gar nicht auf. Ich summte vor mich hin, beschimpfte Haushaltsgeräte und Wäscheberge, oder ich ließ einfach meine Gedanken auf Wanderschaft gehen. Es ist tatsächlich erstaunlich, wie viele Einfälle und Ideen man beim Saubermachen haben kann. Gerade wenn ich im kreativen Prozess war und an einem Buch schrieb, fielen mir dabei eine Menge lustiger Dinge ein. Na ja, manchmal natürlich auch ernste.

Es gab allerdings auch Klienten, die mir extra das Radio anmachen. Dann lief eigentlich immer *Radio Eins*. Da konnte man hinhören, musste es aber nicht.

Bei einer Klientin lief *BBC 2*, und das gefiel mir. Da fing früh um 9:00 Uhr die Frühstückssendung an, in der irgendwelche Stars saßen und mit der Moderatorin plauderten. Ich war jedes Mal überrascht, was für eine gute Laune die da alle hatten. Seltsamerweise verstand ich auch so gut wie alles. Sogar die Verkehrsnachrichten.

10:30 Uhr, wenn ich die Hälfte der Schicht rumhatte, begann dann die nächste Sendung, da gab es immer ein Pop-Quiz, bei dem ich auf maximal fünf von dreißig möglichen Punkten kam. Einmal wären es aber sogar zehn Punkte gewesen, weil ich die Antwort auf die Jokerfrage wusste. Die war nämlich, welche Band mit dem Lied „Radio Africa" in die Top-Ten gekommen war: *Latin Quarter*.
Irgendwann ging leider das Internet-Radio kaputt. Da war dann wieder Stille.
Das machte aber nichts, denn ich hatte einiges mit dem Staubsauger zu klären, der absolut nicht so wollte wie ich.
Ich lud mir dann die *BBC*-App runter und konnte über mein Handy Radio hören, aber das kickte irgendwie nicht mehr richtig. Zumal auch noch der Moderator der 10:30 Sendung ausgewechselt worden war und der Neue scheinbar immer drei Lines ziehen musste, bevor er ans Mikrofon durfte. Der war so überdreht, dass es wehtat.
Natürlich hätte ich mir auch eine *Spotify*-Liste machen können, aber was sollte da rein? Lieder, die ich mag? Wenn ich die immer beim Putzen hören würde, hätte ich keinen Bock mehr, sie in schönen Momenten zu hören. Und eine Liste mit Liedern, die man nicht leiden kann, will auch niemand hören.

Musik ganz anderer Art entsteht ja, wenn man aufs Klo muss. Glücklicherweise beschränkte sich das bei mir eigentlich immer aufs Puschen, aber manchmal meldete sich natürlich auch die Verdauung.
Dafür hat jeder Verständnis, aber Sätze wie: „Frau Müller, die Geschichte über den Sommer '53, als es im Basdorfer Wald so viele Pilze gab, dass sie für ihren Fund vom Gemüsehändler in der Florastraße 300 Mark bekamen, muss mal kurz warten, weil ich kacken muss", kann man einfach nicht bringen.
Auch Dinge wie: „Karamba, da drückt jetzt aber der Darm!" oder „'tschuldigung, das Bad ist jetzt erstmal gesperrt!", möchte man nicht sagen. Zumal der Sound ja das eine ist, viel schlimmer ist ja der Geruch, den man da hinterlässt. Da kann man vorher noch so gründlich geputzt haben. Wenn es riecht, als wäre der tollwütige

Dachs zu Besuch gewesen, glaubt niemand, dass es wirklich sauber ist. Da ist es natürlich wesentlich komfortabler, wenn die Klienten nicht zu Hause sind und man freie Bahn hat. In Bild, Ton und Geruch.

Und hier meine Top-Ten der meist gehörten (und nicht meist geliebten!!!) Lieder auf Arbeit:

10. Dua Lipa: „Houdini" (perfekt fürs Anschalten vom Staubsauger)
09. The Smiths: „There Is A Light That Never Goes Out"
08. The Cure: „Friday I'm in Love"
07. Tocotronic: „Kapitulation" (der Kloreinigungssong!)
06. James: „Sometimes"
05. REM: „Man On The Moon"
04. Wanda: „Bologna"
03: The House Of Love: „Shine On"
02: Wham!: „Wake Me Up Before You Go Go"
01: Chindy Lauper: „Time After Time"

Im Wandel der Zeiten

Im Mai '22 beging ich mein vierjähriges Dienstjubiläum. Ganz unspektakulär, weil außer mir ja niemand davon wusste. Cremetorte, Sekt und Geschenke kriegt man ja als freier Mitarbeiter sowieso nicht. Aber es war zumindest ein Moment, um innezuhalten und festzustellen, wie sich die Dinge entwickelt hatten. Ich hatte einige Dauerklienten, hatte tolle und weniger tolle Erlebnisse mit den Kurzzeit-Klienten gehabt und war vor allem froh, dass der ganze Corona-Mist endlich vorbei war.

Bei der Gelegenheit fiel mir wieder der Job in der Boxhagener Straße ein, den ich im letzten Herbst bekommen hatte. Eine italienische Family mit kleinem Kind. Schöne Menschen, fancy Wohnung und ernste Bedenken bezüglich meines Impfstatus'. Ich zeigte ihnen meinen Test, den ich auf dem Weg gemacht hatte, und das schien sie zu beruhigen. Wir gingen durch die Wohnung, sie zeigte mir, was alles gemacht werden sollte und während sie ihr Kind ins Bett brachte, putzte ich das Bad. Der Herr des Hauses machte in seinem Zimmer Homeoffice und wurde dabei von derart heftigen Hustenanfällen geschüttelt, dass schon das Zuhören Schmerzen verursachte. Und ich mich fragte, ob der vielleicht mal einen Test machen sollte.

Als das Kind eingeschlafen war, stand sie hinter mir im Bad und fing an, nachzuputzen. Ich schickte sie weg: „Lass mich mal putzen. Dein Kind schläft, genieße die freie Zeit."

Sie legte sich auf die Couch und nahm das Handy in die Hand. Als ich dann in der Wohnküche saubermachte, belehrte sie mich, dass der Wischeimer nicht in der Spüle mit Wasser gefüllt werden darf und dass ich viel zu feucht wischen würde. Um sich zu beruhigen, machte sie dann Stretchübungen. Dabei stöhnte und seufzte sie so inbrünstig, dass ich nicht wusste, ob es sich wirklich um Sport handelte oder um eine Orgasmussimulationstherapie.

Als ich mit der Wohnung fertig war, entschuldigte sie sich dafür, dass sie so penibel und eigen wäre, was Saubermachen betrifft, und wir verabredeten den nächsten Termin.

Ich war mir nicht sicher, ob ich mir das sechs Wochen lang geben wollte, aber die Entscheidung wurde mir abgenommen. Am nächsten Tag rief mich mein Vermittler an und teilte mir mit, dass die den Job gecancelt hätten. Mein Impfstatus würde sie so verunsichern, dass sie auf meine Dienste verzichten würden. Und generell auf Hilfe, sie würden ihren Haushalt lieber alleine erledigen.

So etwas war mir zum Glück nur einmal passiert und inzwischen interessierte es keinen mehr, ob man fünf, sechs, sieben oder gar keine Impfung hatte.

Der Frühling hatte als emotionale Achterbahnfahrt begonnen, da ich eine Trennung verarbeiten musste, und deshalb beschloss ich, mich mit Arbeit abzulenken. Das funktioniert zwar sowieso nicht, aber zumindest konnte man es sich ja vornehmen.

Anne

Anne wohnte in Mitte, in der Linienstraße und eigentlich war das nicht meine bevorzugte Ecke, aber ich brauchte gerade neue Klienten und so übernahm ich den Auftrag.

Ich hätte mit der U9 fahren können, aber die Junkie-Linie stresste mich immer extrem. Und so lief ich vom Hackeschen Markt zu ihr. Mir ging dabei so ziemlich alles auf die Nerven: die vielen Menschen, die trödelnden Touris, die Fahrradfahrer ... Dafür verliebte ich mich sofort in ihre Wohnung. Altbau der ganz alten Schule mit wunderschönen Dielen, Flügeltüren, hübschen Möbeln und ganz vielen Büchern. Sie hatte drei Kinder, das jüngste war erst ein paar Wochen alt, die anderen beiden gingen in den Kindergarten.

Ihre Wunschliste war überschaubar: Einkaufen, Wäsche, Kochen und Saubermachen.

Sie waren glücklicherweise keine Vegetarier. Das machte das Kochen auf meine Art einfacher.

Anne ging mit dem Baby spazieren, ich ging einkaufen und kochte Kartoffelsuppe. Während die auf dem Herd stand, machte ich sauber und sinnierte darüber, wie es kam, dass Wohnungen, die man mochte, sich viel leichter putzen ließen. Im Radio lief *Deutschlandfunk*.

Beim nächsten Mal schickte sie mir die Einkaufsliste schon aufs Handy, so das ich auf dem Weg einkaufen konnte. Die Touris und Radfahrer nervten mich zwar wieder, aber ich fing an, das zu ignorieren. Sie erzählte mir, wie toll die Kartoffelsuppe geschmeckt hatte. Ihre Kinder haben die geliebt und sich gewünscht, dass es die unbedingt noch mal geben muss.

Aber für heute stand ein Auberginenauflauf auf dem Programm. Sie hatte mir ein Rezept hingelegt. Und während sie mit dem Baby spazieren ging, machte ich den Auflauf. Ob der schmeckte, konnte ich nicht einschätzen, da bei mir Auberginen auf der Indexliste standen.

Als ich das dritte Mal zu ihr ging, merkte ich, dass mich der Weg schon gar nicht mehr interessierte, sondern schnell zur Routine geworden war. Und ich hatte gute Laune, weil ich mich auf den Job freute. Das lag vor allem an Anne, denn die war tiefenentspannt. Wir mochten uns, ohne wirklich persönlich zu werden. Wenn ich da war, machte sie sich immer auf den Weg, damit ich meine Ruhe hatte.

Bevor sie losging, stand ich oft vor dem Stubenwagen und beobachtete das schlafende Baby. Das war genauso entspannt wie sie. Ich glaub, ich hab das kleine Ding nie schreien gehört. Dafür ganz oft im Schlaf lächeln gesehen.

Dann stand Lasagne auf ihrem Speiseplan. Hatte ich noch nie vorher gemacht. Anne hatte mir wieder ein Rezept hingelegt, und das funktionierte. Also zumindest theoretisch. Weil ich davon ja nicht kosten konnte. Das hätte ich ehrenrührig empfunden, daran rumzuschneiden. Aber es sah super aus. Sie schrieb mir am Abend: „Das war die beste Lasagne, die ich je gegessen habe!"

Die Krankenkasse bewilligte eine Verlängerung und das freute mich sehr.
Ich hatte inzwischen auch den Wettkampf gegen das Problem-Klo und die Kalkablagerungen im Bad gewonnen. Dafür braucht man Geduld, wenn man nicht mit Hardcore-Chemie arbeiten will. Und das wollte ich ja nicht. Aber ich hatte auch genügend Zeit. Mittlerweile kannte ich sogar den Sendeplan vom *Deutschlandfunk*. Manchmal redeten wir über Bücher. Sie kam aus der Branche und fand es spannend, dass ich selber schreibe. So richtig weiterhelfen konnte sie mir allerdings auch nicht, da überall der Sparzwang herrschte und kein Verlag sich mehr traute, ins Risiko zu gehen.
Ihre Kinder hatten mich nicht nur zum „Meister der Kartoffelsuppe" erklärt, sondern auch zum „Lasagne-König". Ich probierte das dann auch mal zu Hause aus und kochte es nach. Aber ich konnte mir die Begeisterung nicht erklären. Was vielleicht auch daran lag, dass ich kein Fan von solcherlei Teigwaren war.
Aus Frühling war Sommer geworden. Ich war guter Dinge und hatte meine emotionale Krise überwunden. Trennen gehört eben zum Leben dazu und das war ja auch eine der Lektionen, die mich mein Job lehrte.
Anne versprach, zu einer Lesung zu kommen und sich zu melden, wenn sie wieder eine Haushaltshilfe brauchte. Ich versprach ein neues Buch zu schreiben. Wir umarmten uns zum Abschied. Und lächelten alle drei. Sie, das Baby und ich.

Herr Nussbaum

Herrn Nussbaum war auch ein Spätfrühlingszugang. Eigentlich übernahm ich ja keine alleinstehenden Männer, aber er wohnte verkehrsgünstig auf dem Rückweg von Anne und ich dachte mir, zwei Mal die Woche an der Weberwiese auszusteigen, hatte so was ähnliches wie Ausflugscharakter.
Meine Entscheidung bereute ich beim ersten Termin umgehend. Er wohnte in einem Nachkriegsbau in einer Zwei-Zimmer-Wohnung

und die war verlebt. Richtig verlebt. Es roch nach allerlei, nicht eine Nuance davon war angenehm. Eine Tendenz zum Messie-Tum besaß er obendrein. Weil es so warm war, trug er ein Feinrippunterhemd und eine ausgebeulte graue Turnhose. Er war schlecht zu Fuß und deshalb sollte ich für ihn einkaufen, aber beim ersten Treffen erst mal nur saubermachen und zur Post, um sein Postfach zu leeren. Zur Post latschen war okay, der Rest machte keinen Spaß. Selbst die Putzutensilien wiesen nicht nur eine Used-Optik auf, sondern waren einfach komplett siffig. Gut, dass ich feuchte Einmaltücher dabei hatte. Also saugte, wischte und schrubbte ich um Kisten und Kartons herum und versuchte Flecken zu entfernen, die sich schon regelrecht ins Linoleum eingebrannt hatten. Ich machte alles sauber, außer das Klo, das konnte ich einfach nicht. Und dann machte ich, dass ich da wegkam.

Auf dem Heimweg musste ich an den einzigen Hilfe-Job denken, den ich je im Westteil Berlins übernommen hatte. Das war in meinem ersten Jahr kurz vor Weihnachten gewesen und ein großes Missverständnis. Denn die Straße hieß genauso wie eine in Treptow und ich hatte nicht auf die Postleitzahl geschaut. Absagen ging dann nicht und ich fuhr zum Tiergarten.

Das Haus sah schon von außen gruselig aus, aber das war gar nichts gegen die Wohnung. Die stank schlimmer als das *Alfred-Brehm-Haus* im Tierpark. Mir tränten die Augen, so krass war der Ammoniakgestank der Katzenpisse. In der Wohnung lebte ein schwules Paar, einer der beiden war bettlägerig, den sah ich auch gar nicht (genauso wenig wie die Katzen), da ich sein Zimmer nicht betreten sollte. Der andere erzählte mir, dass er mit dem Haushalt überfordert war. Das war aber stark untertrieben. Die Bude sah so aus, wie ich mir einen Bombentreffer auf der Mülldeponie vorstellte. Wäscheberge, Geschirrberge, Abfallberge. Schwarze Schlieren auf dem Fußboden, Staubkolonien unter und auf den Möbeln ... Und das war nur der erste flüchtige Eindruck.

Während ich mir Gummihandschuhe überstreifte und mich ans Werk machte, lenkte ich mich mit Rechenspielen ab. Von dem Geld, was ich hier verdienen würde, könnte ich mir eine gute Flasche Pastis, eine Flasche Calvados und eine ganze Ente kaufen. Oder es würde für eine Dauerkarte in der Schwimmhalle reichen.

Ich fing erstmal mit den groben Sachen an und hatte nach einer Weile sechs große Müllsäcke gefüllt. Natürlich sauber getrennt in die Kategorien Verpackungsmüll, Papier und Unrat. Die stellte ich in den Hausflur. Dann schrubbte ich meine Hände und ging auf dem Balkon eine rauchen. Da sah es aus wie in der Wohnung, aber das war nicht mein Aufgabenbereich. Während ich im eisigen Wind meine Mütze festhielt, überlegte ich, dass ich mir auch zehn Pakete Tabak von dem Geld kaufen konnte.

Die Küche war eine Zumutung, da war so ziemlich alles verklebt, verkeimt und verdreckt. Nach einer Stunde sah es dort wieder normal aus.

Der Typ hatte inzwischen die Müllsäcke weggebracht und fing an, mir sein Leid zu klagen.

Das wollte ich nicht hören und schickte ihn los Wäschesortieren. Was nicht in die Waschmaschine passte, musste er in Tüten packen. Als er das erledigt hatte, machte ich das Bad sauber. Drei Würgeanfälle und eine mentale Ignorier-Therapie später war auch das wieder betretbar.

Als Highlight warteten im Flur noch die Katzentoiletten. Was da drin war, interessierte mich nicht, aber die ganze Pisse darunter und drum herum musste ich wegwischen.

Nach drei Stunden war ich fertig. Der Typ bedankte ich überschwänglich bei mir und ich sagte: „Auf Wiedersehen!", was ich in keiner Weise wörtlich meinte.

Während der S-Bahn Fahrt hatte ich das Gefühl, dass alle anderen Fahrgäste vermieden, in meine Nähe zu kommen.

Zu Hause stopfte ich sofort meine gesamten Klamotten (inklusive Basecap) in die Waschmaschine und stieg in die Badewanne. Erst nachdem ich das Wasser drei Mal komplett gewechselt und mich bestimmt fünf Mal von Kopf bis Fuß gewaschen hatte, hatte ich endlich nicht mehr das Gefühl, dreckig zu sein und nach Katzen zu stinken.

Dann ging ich zu *Kaufland* und kaufte Pastis und Calvados. Die waren gerade im Angebot. Das Restgeld reichte noch für vier Päckchen Tabak.

In der Folgezeit versuchten die mich noch einige Male anzurufen. Aber ich verspürte nicht den leisesten Drang, da ranzugehen.

Beim zweiten Termin bei Herrn Nussbaum versuchte ich, mich mit ihm zu unterhalten, aber das war schwierig. Ich wollte mich auf gar keinen Fall irgendwohin setzen, und Tee trinken wollte ich in der Umgebung auch nicht. Er lebte in einer anderen Welt. Er muss auf jeden Fall einen westintellektuellen Hintergrund gehabt haben, denn die Wohnung war vollgestopft mit sozialkritischen und antikapitalistischen Büchern aus einer anderen Zeit. Zudem arbeitete er verbissen an seinem Computer an einem Essay.

Ich kaufte für ihn ein, versuchte in der schmutzigen Küche Ordnung zu schaffen, und schraubte unter seiner Anleitung eine neue Lampe an die Schlafzimmerdecke.

Einmal ging ich für ihn auf den Wochenmarkt auf dem Boxi, da er sich drei Kilo rote Kartoffeln und spezielle Porreestangen wünschte. Zweimal musste ich zum Ernst-Reuter-Platz fahren und dort Druckerzeugnisse für ihn abholen. Das war alles nicht besonders anstrengend, aber es war auch nicht schön.

Nach einem Monat lief der Auftrag aus und ich war nicht traurig darüber. Eine Verlängerung hatte ich mir nämlich auch nicht gewünscht. Und auf gar keinen Fall wünschte ich mir, so zu leben, wenn ich mal alt war. Denn bei ihm hatte ich in den vier Wochen nicht einen einzigen Moment entdeckt, der sich wie Lebensfreude oder Vergnügen angefühlt hatte.

Grit

Ich hatte mir bei meiner Agentur inzwischen einen ganz guten Ruf erarbeitet, und so wurde ich manchmal direkt gefragt, ob ich einen Job übernehmen wolle. So war das auch bei Grit, die wohl etwas kompliziert wäre. Meinte die Vermittlerin. Kompliziert konnte vieles sein, auf jeden Fall wohnte sie nur fünf Minuten entfernt, und deshalb sagte ich zu.

Am Telefon klang sie unsicher, was aber daran lag, dass sie selten telefonierte. Weil sie nicht wusste, wer alles mithörte. Sagte sie.

Sie war sich auch nicht sicher, ob sie mir ihre genaue Adresse geben sollte, weil sie nicht wusste, ob sie mir vertrauen konnte.

Das war aber relativ einfach zu erklären. Wenn sie Hilfe brauchte, brauchte sie Hilfe. Und die konnte sie nur kriegen, wenn ich wusste, wo sie wohnte. Da musste sie sich eben entscheiden.

Sie wohnte in der Oderstraße. Ihre Wohnungstür war komplett mit Aufklebern zugeklebt. A mit Kreis drum rum, *ACAB* und *R84 verteidigen*.

Als sie ihre Tür aufmachte, starrten wir uns erstmal eine Weile an. Grit war groß. Also eigentlich nicht nur groß, sondern riesengroß. Ich musste zu ihr hochschauen, sie musste runterschauen. Ihre ausgewaschene Jogginghose war vielleicht mal schwarz gewesen, ihr Shirt hatte mal einen Aufdruck gehabt, der war unleserlich verblasst. Und ich kannte sie.

Ich hatte sie mal im *Supermolly* getroffen. An einem Sonntagabend. Ihr Tisch war der einzige, wo noch Plätze frei waren. Ich hatte mich dazu gesetzt und in meinem Tagebuch geschrieben. Sie hatte geschlafen und dabei mit ihren großen Händen ein schales Bier und ein Buch beschützt.

„Biste 'n Zivi von die Pozilei?"

„Nee, ich bin deine Haushaltshilfe!"

Vom Flur kam man direkt in die Küche, und die sah aus wie ein Alternativer-90er-Jahre-Traum.

Abgeschlagener Putz, angemalte *Ikea*-Regale und ein großer Holztisch, um den sich Stühle, Sessel und eine Couch versammelt hatten. Alles abgeranzt und verlebt. An den Wänden hingen Poster, Konzertkarten und Bilder. Und über allem waberte kalter Rauch. Und warmer.

Bevor sie Tee aufgießen konnte, hatte ich meine Tasse noch schnell auswaschen können. Dann saßen wir am Tisch und versuchten, unser Verhältnis zu klären.

Es war kompliziert.

Sie war beim Pogen auf die Fresse geflogen und hatte sich den linken Fuß und die rechte Hand gebrochen. Der Bassist kannte sie aber und hatte es geschafft, dass sie als „Arbeitsunfall" registriert wurde. Weil sie angeblich an dem Abend Merchandise verkauft hatte.

Als wir saßen, konnte ich ihre Frisur sehen: an den Seiten abrasiert (inzwischen aber schon deutlich nachgewachsen), und oben einen Iro, der nach links abgekippt war. In ihrem Gesicht hatten sich die Spuren des Lebens eingegraben. Sie sah wesentlich älter aus, als sie war.

„Was hast du für Wünsche? Soll ich für dich was kochen?"

„Ick ess nüscht außer Haferflocken. Den Rest an Nährstoffen hol' ick mir mit Sterni."

„Bist du Veganerin?"

„Nee, ick bin Punk! Und jetzt reicht's ja wohl auch mit den vielen Fragen."

„Na ja, ich soll dir ja helfen, da muss ich ja wohl fragen, wobei!"

Sie schwieg trotzig.

Wenn ich für sie einkaufen gegangen wäre, wäre der Einkaufszettel also relativ unspektakulär geworden. Aber manchmal helfen ja Inspirationen. Und die sah ich an ihrer Wand. Ich entdeckte nämlich ein besonderes Konzertticket.

„Boah geil, du warst bei der *Disintegration-Tour* von *The Cure*."

Sie wurde wach, ihre Augen stellten sich scharf und sie lächelte.

„Bin ick im Mai '89 extra nach Budapest gefahren. In die Zone ham die ja nich jespielt. Dit war so cool, ick weeß gar nicht, wie oft ich da spontan vor Freude jekommen bin!"
Dann schwieg sie abrupt, es war ihr wohl plötzlich zu vertraulich geworden. Aber ich wusste, dass ich sie hatte.
„Kannste mir Kippen drehen? Jeht mit eener Hand nich. Und ich kann keine Filterkippen mehr sehen. Die Scheiße schmeckt nicht und brennt viel zu schnell ab!"
Ich drehte 43 Zigaretten, dann war ihre Tabakdose leer.
„Supi, danke! Da komm ick bis morjen mit hin!"
Danach ging ich noch zum Späti und holte zehn Flaschen *Sternburg Export* für sie. Haferflocken hatte sie noch genug.
„Wat kannste denn kochen?", fragte sie mich, als ich im Hausflur stand.
„Deutsche Küche!"
„Och wat mit Jehacktem?"
„Na klar!"

Zwei Tage später war der nächste Termin, und sie wäre mir beinahe um den Hals gefallen, als ich meine Tupperdosen mit Essen auspackte. Hackbraten, Kartoffeln und Rotkohl.
„Ich wohn hier seit über dreißig Jahren, aber sowat jab's hier noch nie!"
Schwierig war dann, die passenden Töpfe zu finden, damit sie das Essen warm machen konnte. Sie meinte zwar, sie würde es auch kalt essen, aber das empfand ich als Verschwendung. Und fand dann Töpfe. Ganz hinten im Schrank und verstaubt.
„Sach ma, könntest du mir die Haare färben? Mit die Gipspfote jeht dit nich!"
Nun gehörten „körpernahe Dienstleistungen" garantiert nicht zum Haushaltshilfe-Package, aber *Sterni* holen bestimmt auch nicht.
„Ja. Brauch ich aber 'ne Schürze!"
Und dann fingen wir an. Ich hatte eine *Wernesgrüner*-Retro-Schürze an, und aus den Boxen klang die „Disintegration".
„,Plainsong' ist mein Lieblingslied von denen", sagte ich.

„Meiner is ‚Pictures Of You'", sagte sie.
Ich schmierte mit einem breiten Pinsel eine undefinierbare Paste in ihren Iro und sie sang laut mit.
„Hab ick ewig nich jehört, die Platte."
Während die Farbe einwirkte und wir Tee tranken, erzählte sie mir aus ihrem Leben. Sie war in einer Kuhtränke in der Nähe von Belzig aufgewachsen und hatte dort eine Ausbildung als Dekorateurin gemacht. Dann war ihr alles viel zu miefig und spießig geworden in der Provinz. 1986 ist sie nach Berlin gezogen, hatte eine Bruchbude in der Müggelstraße besetzt und einen tollen Job gehabt. Das meiste Geld verdiente sie schwarz nach der Arbeit. 1988 war sie in die jetzige Wohnung gezogen, die wurde frei, weil ein Freund in den Westen ausreiste. 1990 kam das erste Kind, als sie aus dem Babyjahr kam, gab es ihre Firma nicht mehr, und 1992 kam das zweite Kind. War nicht einfach als alleinerziehende Punk-Mutti. Dann gab's mal hier 'ne ABM-Stelle, dann mal da eine, und irgendwann hatte sie keine Lust mehr auf den ganzen Hickhack und ließ sich von ihrem Psychodoktor arbeitsunfähig schreiben. Jetzt war sie seit über zwanzig Jahren EU-Rentnerin. Erfüllend war das nicht, besonders, nachdem die Kinder ausgezogen waren. Da hatte sie dann in irgendwelchen Projekten und Initiativen mitgearbeitet und sich eingebracht. Aber meistens ging es im Streit auseinander.

Als ich das Zeug dann aus ihren Haare wusch (ging auch nicht mit Gipsarm), leuchtete ihr Iro knallig-pink.
„Ach du Scheiße! Dit sollte orange werden. Puh, pink is ja 'ne Ansage …"
Ich rasierte ihr dann noch die Seiten ab, die waren nämlich auch pink. Allerdings unregelmäßig.
„Dankeschön! Ick war heute richtig nett und freundlich, wa?", sagte sie zum Abschied. „Dit bin ick leider nich imma."

Beim nächsten Termin war sie nicht zu Hause.
Dafür hing ein Zettel an der Haustür:
„Hallo Hilfe, bin vorm Späti Ecke Finowstraße. G-Punk(t)."

Sie saß auf einer Bierbank in der Sonne und war nicht zu übersehen. Denn heute sah sie aus wie eine Pippi Langstrumpf im Horrorfilm. Der Iro stand in die Höhe, sie hatte ein schwarz-weiß kariertes Kleid an und trug einen blauen Strumpf am gesunden Bein. Das Gipsbein hatte sie mit Alufolie umwickelt. Und sie hatte sich jede Menge Make-up ins Gesicht geschmiert.

„Tach. Ick brauchte mal Licht und Luft. Willste 'n Bierchen?"

Es war 11 Uhr, da hatte ich noch keinen Durst.

„Brauch dich heut nich, hab aber deine Telefonnummer nich jefunden. Aber wenn de lieb bist, kannste mir ja mal wieder Kippen drehen."

Sie hatte eine neue Dose Tabak vor sich stehen und ich drehte daraus 59 Zigaretten. Und holte ihr zwischendurch zwei neue Bier. Sie war schon ganz schön angeschickert.

„Soll ich dich nach Hause bringen?", fragte ich sie.

„Nö nö, ick brauch noch 'n bissel Vitamin D. Wann kommste dit nächste Mal?"

„Am Freitag."

„Kannste da wieder wat Leckeret zu Essen mitbringen? Der Hackbraten war echt Bombe!"

Ich machte für sie Jägerschnitzel mit Tomatensoße und kaufte unterwegs noch eine Packung Nudeln. Sie würde die Tomatensoße wahrscheinlich auch mit Haferflocken essen, aber irgendwo gab es Grenzen. Fand ich.

Grit hatte ein amtliches Veilchen am linken Auge.

„Ach du Schande! Bist du gestürzt?"

„Nee, dit war 'ne Meinungsverschiedenheit. Der Späti-Tag wurde noch zu 'ner längeren Sause, die in der *Tagung* endete. Da bin ick mir mit 'nem Typen nähergekommen. Der war eigentlich cool, aber irgendwann waren seine Pfoten überall an mir und dit wollte ick nich. Hab ick ihm och drei Mal jesacht. Der hat aber nich uffjehört und fing dann och noch an, unter meinem Rock rumzufummeln. Da hab ick ihm 'ne Maulschelle jejeben. Und der Idiot mir seine Faust. Ick hab aber trotzdem jewonnen! Denn als Antwort hab ick mit dem

Jibsarm ausjeholt. Da isser vom Barhocker jeflojen und hat sich verpisst. Und ick hab vier Wochen Hausvabot jekriegt."

Über die Jägerschnitzel freute sie sich dolle, bat mich aber, die Nudeln zu kochen.

„Da bin ick wie Alfons Zitterbacke! Ick schaff dit och, Nudeln anbrennen zu lassen."

Zu tun gabs nicht viel, außer Zigaretten fürs Wochenende vorzudrehen.

„Sach ma, du bist doch vom Fach. Jibt dit inzwischen Altersheime für Punks? Weil die werden ja alle och nich jünga. Na ja, oder sind schon tot."

„Vom Fach bin ich nicht, aber ich glaub nicht. Wer würde denn da arbeiten wollen?"

„Na junge Punks!"

„Haha, als ob die arbeiten wollen. Und erst recht bei alten Zauseln, die alles besser wissen. Wieso fragst du?"

„Ach, ick hab über die Zukunft nachjedacht. Lange halt ick dit nich mehr durch, wie ick lebe."

Später holte ich noch zwölf *Sterni* für sie und dann war Wochenende.

Bei unserem letzten Termin bat sie mich, ihr den Iro abzurasieren.

„Bist du sicher? Wenn er weg ist, ist er weg!"

„Ja, janz sicher. Wird Zeit. Und muss sein. Ick veränder mir nämlich!"

„Aha. Und wie?"

„Ick zieh wieder nach Belzig. Meene Mutti is fertich uff die Reifen und braucht jemanden, der ihr hilft. Irjendwann erb ick dit Haus sowieso und da zieh ick eben jetzt schon dahin. Is och 'n juter Zeitpunkt. Meene Tochter is grad in 'ne Trennung und schwanger von jemandem, den sie nich kennt, die braucht 'ne Wohnung und kann denn hier einziehen."

„Na, das sind ja Neuigkeiten!", sagte ich.

„Wenn ick eenma dabei bin, über die Zukunft nachzudenken, denn steht och meen Kopp nich mehr still, bis ick 'ne Idee hab. Belzig is wahrscheinlich och jesünda für mich. Viel Natur, keene Spätis

und 'ne Mutti, die zwar nüscht mehr alleene kann, dafür aber allet sieht. Denn muss ick vielleicht nich so bald ins Punk-Altersheim!"
Ohne Iro wirkte sie seltsamerweise jünger.
„Herjeminee, ick seh ja aus wie die olle Skinhead O'Connor! Jetzt kann ick wirklich zurück uff's Dorf ziehn!"

Annika

Das Jobangebot für Annika bekam ich Ende Mai. Sie wohnte auf Stralau und das gefiel mir, denn da konnte ich bei schönem Wetter hinlaufen und bei Mistwetter die S-Bahn nehmen.

Sie war Ende 30 und hatte sich bei den Vorbereitungen zu ihrer Geburtstagsparty den Arm gebrochen. Gefeiert hatte sie dann trotzdem, allerdings erst mit ziemlicher Verspätung, als sie aus dem Krankenhaus zurückkam, erzählte sie mir.

Ich mochte sie sofort.

Ihre Tochter war knapp ein Jahr alt und ein echter Sonnenschein.

Es fiel ihr schwer zu sagen, was sie brauchte. Verstand ich, man hat ja die Situation selten, dass ein Dienstleistungsunternehmen nach Hause kommt und nach Wünschen fragt. Also ja, da gab es einiges zu putzen, die Fenster waren auch nicht sauber, und wenn ich heute noch einkaufen ginge ... Kochen eher nicht, sie hatten seit dem Armbruch so viele Leute, die ihnen Essen brachten ...

Die Sonne schien, ich ging gut gelaunt einkaufen, hängte die Wäsche auf der Terrasse auf, putzte das Küchenfenster und die Balkontür. Dann saugte ich Staub und räumte das Kinderzimmer auf. Ich freute mich über die vielen Pappbücher. Hier herrschte definitiv guter Literatur-Geschmack.

Als ich nach Hause lief, war ich ganz erfüllt von Freude. Das Leben hatte mir wieder eine schöne Arbeitsstätte zugespielt. Und tolle Menschen.

Beim zweiten Termin lernte ich Annikas Lebenspartner Perry kennen. Der machte nämlich auf, weil sie beim Arzt war. Den mochte ich auch sofort. Wir brauchten dreißig Sekunden Anlaufzeit, um festzustellen, dass wir uns cool fanden und den gleichen alternativen Background hatten.

Annika hatte sich immer Listen gemacht, für die Extra-Dinge, die ihr wichtig waren. Küchenschrank ausräumen und auswischen, das Gewürzregal durchsortieren, im Vorratsschrank für Ordnung sorgen oder den Kühlschrank saubermachen. Das war aber nie oll. Meistens waren die Zettel nur eine Erinnerung an sie selbst und sie wollte dann mithelfen. Oder sie suchte sich währenddessen eine andere Beschäftigung. Wir redeten viel. Über das Leben, über unterschiedliche Ansichten zum Gendern und über Kinder. Bald würde die Eingewöhnung im Kindergarten starten, und daran konnte ich mich noch sehr gut erinnern. An den Spagat zwischen Freude, weil man jetzt mehr Zeit für sich selbst hatte, und dem Gefühl, das Kind abzuschieben.

Weil sie ja krankgeschrieben war und der Frühsommer sich mit prächtigem Wetter präsentierte, waren sie viel unterwegs und so sagte sie oft die verabredeten Termine ab. Dadurch verlängerte sich die Zeit bei ihr ganz schön. Aber das störte mich nicht, weil ich gern hinging. Irgendwann waren unsere Termine dann doch abgearbeitet und wir nahmen Abschied.

Drei Monate später traf ich Perry, als der gerade das Kind vom Kindergarten abholte. Er meinte, Annika würde sich demnächst bei mir melden. Das klang nach einem Problemfall, und das war es auch. Bei einer Routineuntersuchung hatte der Arzt in ihrem Unterleib etwas entdeckt, das dort nicht hingehörte und sie musste ins Krankenhaus zur OP.

Und so sahen wir uns also wieder. Sie hatte alles gut überstanden und Ruhe verordnet bekommen. Die Umstände waren zwar nicht schön, ich freute mich aber, wieder bei ihnen zu arbeiten.

Weil zu meinen Tätigkeiten auch immer gehörte, die Kinderspielecke aufzuräumen, war mir natürlich nicht entgangen, dass dort auch einige Klassiker der Ostliteratur wie „Bei der Feuerwehr wird der Kaffee kalt" ihr Zuhause hatten. Und so kramte ich aus meinem eigenen Regal „Alarm im Kasperletheater" und „Bummi in Afrika" hervor und nahm es mit. Das brauchte bei uns ja niemand mehr.

An dem Tag sah mich Perry, wie ich den Puppenwagen durchs Zimmer fuhr und sagte: „Steht dir gut!"
„Nee nee, aus dem Alter bin ich raus", meinte ich.
Zehn Minuten später klingelte mein Telefon. Meine Tochter rief an und erzählte mir, dass ich Opa werden würde. Es gibt keine Zufälle im Leben!

Beim Saubermachen steckte ich mir meistens ein Geschirrhandtuch in die Gesäßtasche, denn das brauchte man ja zum Spiegel putzen und vielen anderen Tätigkeiten. Und wenn man es dabei hatte, musste man es nicht ständig suchen. Ich musste dann oft kichern, weil der Sänger von *The Smiths* in den 80ern auch irgendwas in seiner Gesäßtasche stecken hatte. Aber natürlich machte ich das nicht, um mich wie *Morrissey* zu fühlen, sondern aus praktischen Gründen. Als ich einmal nach einem Job bei Annika nach Hause kam, stellte ich fest, dass ich immer noch ein Geschirrhandtuch in der Arschtasche hatte. Da musste ich lachen. Vielleicht war ich damit ein echter Trendsetter (oder Influencer, wie man heute sagt) geworden und demnächst würden viele Teenies durch den Friedrichshain latschen, die karierte Tücher aus ihren Taschen heraushängen hatten.
 Ich wollte es wirklich zurückgeben, aber nachdem es einmal bei mir auf der Leine gehangen hatte, wusste ich nicht mehr, welches es war. Und so wurde ich zum ersten Mal in meiner Karriere ein Haushaltstextiliendieb.
 Aber ich glaub, Annika ist das gar nicht aufgefallen.

PS: Vielleicht habt ihr euch schon gefragt, ob ich auch endlich mal einen praktischen Tipp geben werde, wenn ich schon die ganze Zeit übers Putzen schreibe. Nun hier kommt einer. Das hab ich nämlich bei Annika gelernt: Wenn das Waschbecken dreckig ist, steckt man den Stöpsel rein, lässt warmes Wasser einlaufen und wirft dann eine Tablette „Kukident – Die Blauen" rein. Eine Weile einwirken lassen, mit einer Bürste putzen und schon strahlt alles.

Marlies

Marlies wohnte in Weißensee und hatte zwei Tage mit jeweils drei Stunden pro Woche bewilligt bekommen.

In der Gegend war ich sonst nie, aber ich hatte gerade freie Kapazitäten, es war angenehmes Spätsommerwetter und ich fand die Idee schön, nach der Arbeit noch um den See zu laufen. Also bewarb ich mich.

Am Telefon klang sie barsch. Sie hatte einen herrischen Ton in der Stimme, und da war noch ein anderer Klang, den ich (noch) nicht zuordnen konnte.

Sie wohnte in einer Nebenstraße der Berliner Allee in einem wunderschönen Altbau.

Im landläufigen Sinne konnte man sie als attraktiv bezeichnen. Sie war Ende 50, schlank und hatte aschblonde Haare, die sie relativ kurz trug. Aber zwei Dinge fielen mir trotzdem sofort auf. Ihre blauen Augen waren kalt und ihre Mundwinkel waren weit nach unten gezogen und hatten sich tief in ihr Gesicht eingegraben.

„Guten Tag, ziehen Sie bitte die Schuhe aus und lassen Sie die im Hausflur stehen!", sagte sie zur Begrüßung.

„Guten Tag, Frau Grunow, Schuhe bleiben selbstverständlich draußen!"

Ich zog immer meine Schuhe aus, wäre ja auch bekloppt, Dreck mit reinzuschleppen, den ich dann wieder wegmachen musste. Lustigerweise hatte ich zu der Zeit aber gerade ein paar weiße Hotelhausschuhe im Rucksack, die ich mir anzog.

Danach gab sie mir eine präzise und praxisorientierte Führung durch ihre Wohnung.

„Küche. Auf dem Tisch liegt eine Liste mit den Dingen, die Sie bitte erledigen."

„Bad. Dort auf dem Badewannenrand liegt der Zettel."

„Flur. Liste dort!"

„Wohnzimmer. Anweisungen auf dem Tisch."

„Dort ist mein Schlafzimmer. Das betreten Sie auf gar keinen Fall!"

„Putzmittel stehen im Bad. Den Rest habe ich jeweils vermerkt. Wenn Sie etwas trinken möchten, kommt Wasser aus dem Hahn. Einen Teebeutel habe ich neben den Wasserkocher gelegt. Ich bin in meinem Arbeitszimmer, das betreten Sie bitte auch nicht. Wenn Sie Fragen haben, dann sammeln Sie die und klopfen an der Tür. Ich habe zu tun und möchte ungern gestört werden. Danke für Ihre Hilfe."

Dann verschwand sie in das Zimmer, welches dem Bad gegenüber lag und drehte den Türschlüssel zwei Mal um.

Wow! Das war mal was Neues, so etwas hatte ich noch nie erlebt. Beim Beruferaten hätte ich sie als Beamtin im höheren Dienst, Justizangestellte oder Polizistin eingeordnet. Dem Dialekt nach kam sie aus der Magdeburger Börde.

Ich lief durch die (offenen) Zimmer. Alles gepflegt, modern und nicht billig. Dafür reichlich unpersönlich. Neben dem Wasserkocher lag ein Pfefferminze-Teebeutel. Von *Lidl*.

Gut, dass ich im Hotel nicht nur die Hausschuhe sondern auch vier Instantkaffee-Tütchen geklaut hatte. Eine davon goss ich mir auf, während ich überlegte, in welchem Raum ich anfangen sollte. Ich entschied mich fürs Bad, das war eigentlich immer das Schlimmste und wenn das erledigt war, wurde es einfacher.

Ihr Zettel sah so aus:

-Fliesen reinigen und alle Kalkrückstände entfernen
-Armaturen reinigen
-Spiegel putzen
-Duschtür (von innen und außen) reinigen und vom Kalk befreien
-Regal reinigen (beim Einräumen unbedingt auf die vorherige Fachbelegung achten)
-Einbauschränke von außen reinigen
-Boden reinigen (Saugen und wischen)
-Hygieneeimer von außen putzen
-WC säubern (von außen und von innen, besonders gründlich unter dem Rand), Desinfektionsmittel benutzen
Errechneter Zeitquotient: 35 Minuten

Beim Beruferaten musste ich mich korrigieren. Jetzt hielt ich sie eher für die Chefin einer Ausbeutungsfirma, die ihren Angestellten zwar nicht mal ansatzweise Mindestlohn zahlte, dafür aber gratis Speed verabreichte.
Und ich musste die innere Notbremse ziehen. Dieser Job war ja das Paradebeispiel davon, dass die Chemie nicht stimmt! Aber vorher ging ich, mir die Anweisungen in den anderen Räumen anschauen. Die waren nicht besser. Sie hatte alles auf die Minute ausgerechnet, sogar eine fiktive Pausenzeit von zehn Minuten hatte sie eingeplant. Die war zwischen der Reinigung von Küche und Flur.

Ich trank meinen lauwarmen Kaffee aus, schaute den Amseln zu, die vor dem Fenster tobten, und sortierte meine Gedanken, dann klopfte ich an ihre Tür.
„Sie wissen ja offensichtlich sehr schnell nicht mehr weiter! Der Hellste scheinen Sie nicht zu sein", fauchte es hinter der Tür, bevor sie herauskam.
Dann schaute sie sich um und sagte: „Sie haben ja noch nicht mal angefangen! Dabei sind schon 20 Minuten vorbei."
„Doch Frau Grunow! Ich hab mich schon mal umgesehen. Und *Umsehen* hat einen Zeitquotienten von 30 Minuten. Ich hab Ihre Badezimmerliste mal überarbeitet. Rufen Sie mich an. Telefonnummer steht mit drauf. Und nur als kleiner Hinweis, ich bin eine Haushaltshilfe und kein Fünf-Sterne-Putz-Kombinat."
„Was soll denn das heißen? Ein Putz-Kombinat gab es gar nicht!"
„Eben. Melden Sie sich. Oder nicht."
„Aber Sie haben gar nichts gereinigt!"
„Na, ich glaub schon. Auf Wiedersehen!"
Dann ging ich, rief bei meiner Orga an, um sie auf einen Anruf von der Schnepfe vorzubereiten und verständigte mich am Weißensee mit einer netten Dame darauf, dass sie schwimmen gehen konnte, während ich auf ihre Sachen aufpasste und danach tauschten wir die Rollen. Sie ging nackt ins Wasser. Ich dann auch.
Und während ich schwamm, musste ich laut lachen. Nicht wegen der Wasserpflanzen, die an meinen Beinen kitzelten, sondern

wegen meiner Botschaft an Marlies. Denn ich hatte nicht nur meine Telefonnummer auf ihren Zettel geschrieben, sondern auch eine Nachricht.
„Wie sagt Balu im Dschungelbuch: Versuchs mal mit Gemütlichkeit!"
Am nächsten Tag klingelte mein Telefon. Ich hatte gerade keine Zeit ranzugehen. Dann klingelte es erneut. Und dann noch einmal und noch einmal und noch einmal. Dann hörte es auf.
Es war Frau Grunow. Das passte irgendwie zu ihr.
Ich ließ mir Zeit mit dem Zurückrufen.
„Ich habe mich gestern wohl etwas daneben benommen. Und wollte fragen, wann Sie denn das nächste Mal kommen können", sagte sie.
„Ohhhh. Das wird knifflig. Aber wenn ich hier und da etwas schiebe bei meinen anderen Terminen, könnte ich morgen um 12 Uhr bei Ihnen sein. Passt das?"
„Ja, sehr gut. Dann bis morgen!"
Dass Worte wie „Entschuldigung" oder „Tut mir leid" nicht über ihre Lippen kamen, war mir klar, ansonsten hätte ich sie länger zappeln lassen. Aber ich wollte es auch nicht übertreiben.

Als sie diesmal die Tür öffnete und mich hereinließ (die Schuhe hatte ich schon vor der Wohnungstür ausgezogen), fragte sie zuerst, ob ich etwas trinken wöllte. Auf dem Küchentisch standen Butterkekse und es roch nach Kaffee.
Wir unterhielten uns über das Wetter, welches ja nachgerade perfekt war im Moment. Nicht mehr zu heiß, aber doch angenehm temperiert und durch den Regen in der letzten Nacht war auch die Luft so frisch.
Dann sprachen wir meine Aufgaben oder, besser gesagt, ihre Wünsche durch. Sie gab sich bescheiden diesmal.
„Okay, dann leg ich los. Aber darf ich Sie noch etwas fragen? Was sind Sie von Beruf?"
„Wie kommen Sie denn jetzt darauf?"
„Weil mich das interessiert."

„Ich bin Lehrerin. Und wenn Sie es ganz genau wissen wollen: für Deutsch, Geschichte und Russisch."

„Aha, das hätte ich nicht gedacht!"

Aber eigentlich passte das super und erklärte so einiges. Jetzt wusste ich auch, was das für ein Klang in ihrer Stimme war, den ich damals am Telefon nicht zuordnen konnte. Es war der Ostpädagoginnen-Sound.

Sie ging in ihr Zimmer (diesmal ohne abzuschließen) und ich brauchte zwei Stunden und 35 Minuten zum Saubermachen.

Natürlich war es nicht perfekt für sie und ich sah in ihrem Gesicht, dass ihre Emotionen widerstrebend waren, aber im Grunde war sie zufrieden.

„Dankeschön, Herr Wesensbitter!"

„Gerne, Frau Grunow!"

Dann ging ich zum See, verständigte mich mit einer (anderen) netten Dame darauf, dass wir unsere Sachen bewachen würden, während der andere ins Wasser ging, und fand das Leben schön.

Bei den nächsten Terminen taute sie allmählich auf, aber auf die private Ebene wollte sie sich noch nicht begeben. Wir blieben beim „Sie" und durch dezente Nachfragen erfuhr ich, dass sie geschieden war und Burnout hatte. Und sich inzwischen viel wohler fühlte, weil die Wohnung immer so sauber war.

In der vierten Woche (sie hatte ganz von alleine bei der Berufsgenossenschaft eine Verlängerung beantragt) war sie plötzlich komplett verwandelt. Denn sie lächelte.

„Schön, dass Sie da sind. Ich habe mich schon auf Sie gefreut. Ist das nicht verrückt? Eine Haushaltshilfe gibt meinem Leben neue Strukturen! Und ich wollte jetzt auch mal sagen, dass ich es doof finde, wenn wir uns mit *Sie* ansprechen. Ich bin Marlies!"

„Hallo Marlies! Ich heiße Mikis."

Während ich das sagte, fragte ich mich, ob sie die falschen Tabletten oder die richtigen in der falschen Dosierung genommen hatte. Oder sie hatte sich zum Frühstück zu viele Eierlikör im

Schokobecher genehmigt. Denn das war nicht die Marlies, die ich kannte!

„Ich hab uns Kuchen geholt. Ich hoffe, du magst Windbeutel."

„Auf jeden Fall mag ich Windbeutel!"

Und dann fing sie an zu erzählen. Aber was heißt erzählen, es war, als wenn ein angestauter Gebirgsbach es geschafft hatte, das Wehr zu zerstören und endlich ins Tal zu strömen. Ich konnte ihren Worten kaum folgen.

Sie kam aus Magdeburg, hatte nach dem Abitur vier Jahre in Leningrad studiert und dort die schönste Zeit ihres Lebens gehabt. Ihren Mann hatte sie im Zug kennengelernt. Verliebt, verlobt, verheiratet und zu ihm nach Berlin gezogen. Erste Stelle in der *22. POS Berlin Treptow*. Er wollte Kinder, sie wollte Kinder, aber es wollte nicht klappen.

Klassenlehrerin zur Wendezeit, niemand wollte mehr Russisch lernen, niemand wollte mehr Russischlehrerinnen, dann aber doch wieder. So viele gebrochene Schicksale, so viele zerbrochene Freundschaften. Sie hielt alles durch. Umzug in die Wohnung in Weißensee, wo vorher seine Oma gewohnt hatte. Erste Versuche mit künstlicher Befruchtung. Gescheitert.

Viele Urlaube, materielle Sicherheit, Kultur. Wohlfühlen. Gewohnheit.

Und dann von einem Tag auf den anderen bricht alles wie ein Kartenhaus zusammen.

Sie hatte bestimmt eine Viertelstunde ununterbrochen geredet, und dann brach auch sie zusammen. Tränen liefen ihre Wangen herunter und tropften entweder auf ihr Kleid oder auf den Boden.

Bevor ich mir eine Strategie ausdenken konnte, wie ich darauf reagieren sollte, hatte mein Körper sich schon lange entschieden. Denn ich hielt ihre Hand fest und reichte ihr ein Taschentuch. Und nebenbei sagte ich so was wie: „Weinen ist gut, Marlies. Tränen müssen raus"

(Was ich aber garantiert nicht sagte war: „Tränen lügen nicht". So kitschig war ich dann doch nicht!)

Und weil sie nicht aufhörte zu weinen, nahm ich sie in den Arm. Was kompliziert war, da sie ja saß, aber irgendwie ging es. Und es dauerte nicht lange, bis meine linke Schulter komplett durchgeweicht war. Und dann sagte sie plötzlich. „Das ist mir peinlich. Entschuldigung."
„Dafür musst du dich nicht entschuldigen! Dafür sind Emotionen da!"
„Ich bin jetzt sehr erschöpft und würde mich gerne hinlegen. Kannst du noch etwas bleiben?"
„Klar ich mach noch 'ne Putzrunde durch die Wohnung, bevor ich verschwinde. Soll ich die Tür dann einfach hinter mir zuziehen?"
„Ja. Und vielen lieben Dank!"
Auf dem See trieb inzwischen das Herbstlaub, meine Badesaison war beendet.

Beim nächsten Mal war sie wieder mehr die normale Marlies, aber trotzdem war etwas anderes geworden. Als wir Kaffee tranken, fragte ich sie: „Was ist denn eigentlich passiert, das alles zusammengebrochen ist wie ein Kartenhaus. Also falls du das erzählen willst."
„Darüber kann ich heute nicht reden. Vielleicht ein anderes Mal."

Ich erfuhr es dann bei unserem vorletzten Termin.
Wie und wann es begann, wusste sie gar nicht so genau. Natürlich hatten sich die Schüler im Laufe der Jahre verändert, waren immer dümmer und weniger belastbar geworden, aber das hatte sie so hingenommen, schon alleine, weil sie es sowieso nicht ändern konnte. Da war sie ganz pragmatisch. Aber sie merkte eine innere Unruhe in sich selbst. Sie wurde unsicher und reizbar und verlor Stück für Stück die Freude. Erst am Unterricht und dann am Leben. Die Ärzte fanden keine Ursache und ihr Mann war ihr auch keine große Hilfe. Er war Lokführer und hatte natürlich beschissene Arbeitszeiten, aber irgendwann fragte sie sich, ob er der fleißigste Lokführer der ganzen Bundesbahn war, denn seine Überstunden häuften sich. Im letzten gemeinsamen Urlaub, in den Frühjahrsferien, waren sie nach Gran Canaria geflogen. Da hing er eigentlich

nur am Handy. Als sie sich beschwerte, meinte er, dass er nichts verpassen wolle, weil es gerade so spannend war mit Union. Die könnten es schaffen, in den Europacup zu kommen. Da wusste sie, dass er log. Denn er hatte sich nie für Fußball interessiert. Und schon gar nicht für Union. Dann tat sie das, was sie nie machen wollte - sie nahm sich sein Handy, als er duschen war. Er hatte plötzlich ein Kennwort. Aber das hatte sie nach dem zweiten Versuch schon enttarnt. Besonders kreativ war er nicht. Es hieß: „Reichsbahn".

Was dann passierte, wusste sie nicht. Ihre Erinnerung setzte erst wieder in der Klinik ein, wo ihr ein Arzt im gebrochenen Deutsch erklärte, dass sie einen Nervenzusammenbruch gehabt hatte und seit drei Tagen schlief. Natürlich mit Hilfe von Medikamenten. Guten Medikamenten!

Nach einer Woche wurde sie entlassen. Ihr Mann war abgereist und ihr Gepäck stand in einer Abstellkammer im Hotel. Zu Hause waren alle Sachen ihres Mannes verschwunden. Er war ausgezogen. Auf dem Küchentisch lag ein Zettel: „Tut mir leid. Ich wollte dir nicht weh tun. Günni."

Sie packte ihren Koffer aus, wusch Wäsche, machte sauber und stand eine halbe Stunde mit dem schärfsten Küchenmesser in der Hand am Waschbecken und überlegte, ob sie zuerst die linke oder die rechte Pulsader aufschneiden sollte. Dann packte sie eine Tasche und lieferte sich selbst ins *Alexianer-Krankenhaus* ein.

Dort blieb sie eine ganze Weile, bevor sie von dort aus zur Reha kam. Und als die vorbei war, war auch das Schuljahr vorbei. Die Sommerferien verbrachte sie in der Uckermark bei ihrer Freundin Caro. Die wohnte dort in einem Haus am See.

Dass ihr Mann fremdgegangen war, wusste sie ja aus seinem *WhatsApp*-Chat. Dass es mehr als eine Geliebte war, erzählte ihr sein bester Freund Jochen, der sie besuchen kam. Die andere war Zugbegleiterin, 17 Jahre jünger und wohnte in Leipzig. Das Ganze ging schon drei Jahre und jetzt war sie im siebten Monat schwanger. Jochen bot sich aber als Ersatz an.

Caro warf ihn raus, weil er ein dämlicher Idiot war und sein Maul schon viel früher hätte aufmachen können, anstatt jetzt hier einen auf Loverboy zu machen.

Marlies heulte drei Tage lang, dann war die Sache erledigt. Die Scheidung musste sie nicht einreichen, das hatte ihr Mann schon gemacht.

Ins neue Schuljahr startete sie nach dem Hamburger Modell und voll Enthusiasmus. Sie hatte wieder Lust auf Unterricht. Das hielt aber nicht lange an, denn Kinder sind grausam, und wenn sie Schwäche wittern, schlagen sie gnadenlos zu. Es hatte sich herumgesprochen, dass sie in der Klinik gewesen war, und so gab es immer wieder Fragen von Schülern, ob man Angst haben müsse, dass sie Amok lief. Oder ob sie jetzt überhaupt noch Noten verteilen durfte, wenn sie ja nicht mehr zurechnungsfähig war. Sie versuchte, den Schülern das Wesen psychischer Erkrankungen zu erklären und dass es jeden treffen könnte, aber das half nicht viel.

Als im Geschichtsunterricht eine Schülerin fragte, wie oft sie eigentlich in der DDR von der Stasi vergewaltigt worden war, weil die das ja mit jeder Frau im Osten gemacht hätte, hatte es ihr gereicht und sie hatte geschrien: „Was erzählst du denn für einen Unsinn? Bist du behindert?"

Danach wurde sie vom aktiven Dienst suspendiert und wieder krankgeschrieben. Jetzt wartete sie auf die Verrentung.

Glücklicherweise war sie ja Beamtin, also Geldsorgen würde sie keine haben, aber Geld half ja nicht viel gegen eine innere Leere. Und gegen Depression auch nicht.

„Aber vielleicht hilft eine Kreuzfahrt in die Karibik. Die hab ich mir nämlich jetzt gebucht."

Das erzählte sie mir, während wir um den See spazieren gingen. Die Wasseroberfläche war unter den vielen herabgefallenen Blättern kaum noch zu erkennen.

Beim letzten Termin schenkte ich ihr eine Eintrittskarte für den *Tanztee* im *Kreiskulturhaus Peter Edel*. Die waren schwer zu kriegen, da die Veranstaltungen immer ausverkauft waren.

„Das soll sehr gut sein. Und tanzen kann nie schaden. Aber vor allem kannst du da schon mal üben, für's Kapitänsdinner."

„Vielen Dank, aber mach dir keine Illusionen. Ein Fahrensmann kommt mir nicht mehr ins Haus!"

Sie schenkte mir einen 50-Euro-Gutschein für Dussmann.

„Ich habe zwar eine ungefähre Ahnung, welche Bücher dir guttun würden, aber da ich jetzt keine Deutschlehrerin mehr bin, muss ich auch niemanden mehr belehren. Du bist einer von den Guten. Bleib so!"

Wir drückten uns zum Abschied, und ich wusste, dass Marlies es geschafft hatte.

Julia

Julia wohnte in Baumschulenweg und hatte sich den Arm gebrochen, als sie über einen dieser bekloppten Roller, die überall im Weg rumstehen, gestolpert war. Ich telefonierte mit ihrer Tochter, die meinte, ihre Mutter sei nebenbei aber auch noch etwas dement. Na gut, damit kannte ich mich inzwischen aus. An einem grauen Herbsttag Anfang Oktober ging ich das erste Mal zu ihr.

Altbau, dritter Stock und so richtig alte Schule. Ihr Mann war Handwerker gewesen und hatte die Wohnung selbst saniert. In jedem Zimmer sah man noch den Charme der Ostmoderne, obwohl sich natürlich überall die Westmöbel breitgemacht hatten. Das absolute Highlight war eine elektrische Eisenbahn, die nach einem Streckenverlauf von 1987 gebaut war, und ein halbes Zimmer einnahm. Dass damit lange niemand mehr gespielt hatte, sah ich sofort.

Julia war klein und verhuscht und wusste nicht so richtig, was sie mit mir anfangen sollte. Es war klar, dass sie schon lange keinen Männerbesuch mehr in ihrer Wohnung empfangen hatte.

Ich brauchte auch eine Weile, bis wir ein Gespräch ins Laufen bekamen. Und darin ging es ums Laufen. Sie machte nämlich immer Freitags *Nordic Walking* mit einer Gruppe, aber das konnte sie ja nun nicht mit ihrem kaputten Arm.

„Na ja, dann laufen wir beide eben zusammen", schlug ich ihr vor. Das fand sie gut. Und danach könnten wir ja zusammen einkaufen gehen.

Diesmal ging ich aber noch alleine einkaufen und machte ihr dann Rührei und Tomatensalat. Das begeisterte sie. Weil noch nie in ihrem Leben ein Mann für sie gekocht hatte.

Beim nächsten Mal wartete sie schon auf mich. Ich half ihr beim Schnürsenkelzubinden und in ihre Outdoorjacke. Wir liefen am Kanal entlang und freuten uns beide, dass der Herbsttag sonnig und freundlich war.

Sie erzählte mir, wo früher die Grenzsoldaten gestanden hatten und wo man nicht langgehen durfte. Als wir die Anhöhe zu einer Brücke hochmussten, hakte ich sie unter, und wir gingen die Stufen gemeinsam. Ich merkte, dass sie Angst hatte, und lobte sie für jeden sicheren Schritt. Auf der anderen Seite des Kanals gab es keine Stufen, sondern nur einen abschüssigen Weg, daher hakte ich sie gleich nochmal unter.

„Ach, die *Silberlinde*. Da habe ich mit meinem Mann oft noch halt gemacht und ein Bier getrunken", meinte sie, als wir an der Kleingartenkneipe vorbeikamen.

Dieser Weg wurde unsere Routine, und eigentlich hatten wir immer Glück mit dem Wetter. Meistens schien die Sonne. Nur einmal erwischte uns ein Regenguss.

Julia erzählte inzwischen mehr. Über die Trinklust ihres Mannes, über ihre zwei Töchter, die in der Wohnung großgeworden waren, und über ihre Arbeit im Rathaus Treptow. In den Neunzigern hatte sie zwei Haushalte führen müssen, weil die Schwiegermutter gestorben war und der Schwiegervater sich nicht alleine versorgen konnte. Jedes Wochenende musste sie in die Niederlausitz rammeln, um sich um den alten Mann zu kümmern. Kochen, einkaufen, Äpfel ernten und Gurken einkochen. Und als er endlich gestorben war, kam ihr Schwager und erbte das Haus. Das aber sowieso nichts wert war. Weil, wer wollte da bitteschön hinziehen?

Ihren Mann hatte sie zu Hause gepflegt, bis es nicht mehr ging. Er starb im Krankenwagen.

Natürlich vermisste sie ihn, obwohl er eigentlich nach der Wende auch nicht mehr viel mit ihr gemacht hatte. Er saß am liebsten im Sessel oder auf dem Gartenstuhl, trank Bier und schaute Fußball. Dafür hatte sie viel mit ihren Töchtern gemacht, war mit denen nach Portugal, Spanien, Tunesien und in die Türkei geflogen. Das war immer schön. Aber jetzt hatte sie keine Lust mehr aufs Verreisen. Das war ihr zu anstrengend geworden.

Wenn die Sonne schien, freute sie sich, im Supermarkt kaufte sie Lebkuchen, obwohl erst Oktober war, und viele Träume hatte sie nicht mehr.

Ich mochte sie gerne. Ich fand unsere Spaziergänge in der Grenzregion immer schön, und für mich war das Entspannen bei der Arbeit. Also abgesehen von der Treppe an der Brücke.

Die Krankenkasse weigerte sich, Julia eine Verlängerung zu bewilligen, und wir hatten verabredet, dass sie Pflege beantragt und wir uns dann wiedertreffen zum Spazierengehen. Aber leider hat sie sich nicht mehr gemeldet. Vielleicht ist sie alleine am Kanal spazieren gegangen. Und hat unterwegs einen Kavalier kennengelernt, der sie in die *Silberlinde* eingeladen hat und genau wusste, wie man eine elektrische Eisenbahn wieder zum Fahren bringt.

November Rain

In meiner Wahrnehmung ist der November immer der schlimmste Monat des Jahres. Grau, dunkel, feucht und kalt. Die fürchterlichen Corona-November '20 und '21 haben diesen Eindruck noch verstärkt. Rein arbeitsmäßig war das allerdings immer eine gute Zeit, in der es viele Jobs gab. So war es auch 2022. Ich hatte viele Klienten und musste regelrecht Zeit-Tetris spielen, um das alles zu koordinieren.

So hatte ich zu der Zeit eine Zwillingsmutti, die aus Mexiko kam und im *Bernhard-Bestlein-Viertel* wohnte. Auf dem Weg zu ihr musste ich immer an jenem Ambulatorium vorbei, in dem Eriks durchgeknallter Urologe praktizierte. Und dann musste ich natürlich an Erik denken.

Da ihr Mann viel auswärts arbeitete, war ihre Schwester gekommen, um ihr zu helfen. Eigentlich hatte eine von beiden immer eines der Babys im Arm. Die Wohnung war schön eingerichtet und die beiden Damen voll entspannt. Ich putzte, machte die Wäsche und kochte Suppe. Das war ein angenehmer Job, der mir Spaß machte und der vor allem schnell erledigt war. Das einzige Problem war, dass die beiden scheinbar ununterbrochen „Bruder Jakob" auf spanisch sangen. Das fräste sich so in meinen Kopf, dass ich die ganze Zeit leise mitsummte und irgendwann so textsicher war, dass ich hätte laut mitsingen können. Wäsche zusammenlegen, war ein großer Spaß, weil Strampler und Bodys eine echte Herausforderung sind. Zudem gab es jede Menge Schlüppis in kreischbunten Farben und Still-BHs. Die sinnvoll zu falten ist eine Kunst für sich. Noch dazu, wenn man sich selbst immer daran hindern muss, in Kinderlieder einzustimmen.

Die Krankenkasse fand eine Verlängerung unangebracht, was eine echte Frechheit war. Weil, wer bitte braucht mehr Hilfe und Unterstützung als eine Mutter von Zwillingen?

Und außerdem hätte ich gerne weitergemacht.

Zu der Zeit bekam ich sogar noch ein zweites Wochenbett. Im Baumschulenweg. Diese Frau war alleinerziehend, und ich konnte mich erinnern, dass ich mich schon während ihrer Schwangerschaft um den Job bemüht hatte, was dann aber aus verschiedenen Gründen nicht geklappt hatte. Bei ihr gab es nur wenige Termine, aber ich übernahm trotzdem.

Sie kam eindeutig aus dem links-alternativen Spektrum und hatte ein *Frauen, bildet Banden!*-Poster an der Küchenwand. Sie war, wie viele junge Mütter, noch sehr unsicher, ob sie alles richtig machte.

Eines der Probleme als männlicher Wochenbett-Betreuer ist der Umgang mit dem Stillen. Während im Hause Mexiko gar keine Befindlichkeiten herrschten und die Milchbar quasi immer geöffnet war, wenn Bedarf herrschte, und ich mich dann diskret in ein anderes Zimmer verdrückte, wurde im Baumschulenweg darauf hingewiesen, dass sie jetzt stillen müsse, und dann schloss sie die Tür hinter sich ab.

Beim ersten Besuch kochte ich Kartoffeln mit Spinat und Ei. Damit sie in Ruhe Essen konnte, übergab sie mir ihr Kind und ich fing aus uraltem Reflex an, mich in den Hüften zu wiegen.

Sie hatte großen Hunger und aß zwei Portionen. Ich hingegen merkte, dass ich Rückenschmerzen bekam. Ich war das einfach nicht mehr gewohnt.

Beim zweiten Besuch standen Fischstäbchen auf der Speisekarte und ich bekam das Kind wieder in Obhut. Obwohl sie unsicher war. Sie hatte mich nämlich gefragt, ob ich Raucher wäre. Sie hätte nämlich gelesen, dass dadurch der plötzliche Kindstod eintreten konnte. Nun ja, da konnte ich sie beruhigen, weil der konnte ja durch alles Mögliche eintreten, aber nicht dadurch, dass jemand geraucht hatte.

Mitten in dieser Zeit rief mich Mai Ling an. Sie hatte eine Vier-Wochen-Verordnung bekommen und ob ich die übernehmen wolle. Ich lehnte ab, weil ich tatsächlich keine Zeit hatte.

Ein paar Tage später rief sie wieder an. Meine Orga hätte kein Personal und ob ich dann vielleicht ab Januar übernehmen könnte, sonst würden die Stunden ja verfallen. Ich dachte an Fischsoße, endlose Einkaufslisten und riesige Wäscheberge. Andererseits hatte ich ja nie herausgefunden, ob es das vietnamesische Schlüpfer-Fest wirklich gab, und ich dachte an meinen Kontostand. Deshalb sagte ich ihr zu.

Ulrike

Ulrike war meine einzige Klientin, die ich selber gefunden hatte.

Dazu muss ich aber weiter ausholen: So was wie eine Stammkneipe hatte ich eigentlich nie. Ich bin zwar gerne mal dahin und mal dorthin gegangen, aber dass es irgendwo ein „Mikis-bekommt-immer-einen-Platz" gab, ist nie vorgekommen. Das änderte sich dann allerdings, als mein kleines Kind größer wurde und wir zusammen die Auswärtsspiele von Union sehen wollten. Und das war schwierig, denn alle Fußballkneipen im Friedrichshain waren Raucherkneipen. Außer das *Trinklokal Panenka*, denn die Wirtsleute hatten selber ein kleines Kind.

Und so tingelten wir immer dorthin, quetschten uns irgendwie zwischen die Leute und hatten Spaß. Wir sahen dort so viele legendäre Spiele. Union im DFB-Pokal bei Borussia Dortmund. Verlängerung erzwungen! Schweiß tropfte von der Decke, Sprechchöre und Geschrei, lauter als im Stadion. Relegationsspiel zur Bundesliga gegen Stuttgart. Erstes Bundesligaspiel gegen so was Komisches aus Leipzig …

Wir hatten dann auch bald eine Lieblingsbarkeeperin. Die hieß Gabi, kam sogar an unseren Tisch (sonst war nämlich Self-Service und langes Anstehen am Tresen angesagt) und steckte immer einen Strohhalm, Eiswürfel und ein Schirmchen in das Limoglas vom Kind.

Und wo wir dann schon mal in der Bundesliga waren, dann musste man natürlich *jedes* Spiel sehen. So fand ich dann doch noch meine Stammkneipe. Und über all die Jahre lernte ich immer mehr Leute kennen. Manche wurden sogar Freunde.

Und manchmal sah ich dort Ulrike. Mal grüßten wir uns, mal nicht. Wir redeten nie miteinander und ich wusste auch noch nicht, dass sie Ulrike hieß.

Wenn man schon eine Stammkneipe hat, dann ist es gar nicht so schwer, noch eine zweite zu finden. Und das war bei mir die *Zukunft am Ostkreuz*. Dort gab es zwar nie Fußball, dafür aber selbstgebrautes Bier und den alternativen Flair der 90er: ein alter Ostflachbau mit Schwingtüren, einer wilden Mischung aus Tischen, Sofas und Sesseln verschiedener Stilepochen und für die warmen Tage einen Biergarten mit wackligen Bänken und emsigen Ratten. Mehr Charme geht nicht!
  Dahin ging ich gerne zu zweit, aber auch oft alleine mit meinem Notizblock und schrieb Ideen für mein jeweils aktuelles Buch.
  Als einmal eine Barkeeperin zu mir sagte: „Ach du schon wieder, das ist ja fast wie bei *Und täglich grüßt das Murmeltier!*", war ich sehr erschrocken. Denn genau solche Sätze wollte ich in einer Kneipe nicht hören, weil ich mich irgendwie ertappt fühlte. Dabei wusste ich, dass sie es gar nicht böse gemeint hatte.
  Und manchmal traf ich auch in der *Zukunft* Ulrike. Sie trug immer schwarz und oft Shirts von Underground-Black-Metal-Bands. Ich kannte nicht eine davon und scheiterte jedes Mal beim Entschlüsseln der Logos. Sie hatte ihre langen Haare inzwischen von Schwarz in Dunkelrot umgefärbt. Wir grüßten uns manchmal, weil wir uns ja kannten. Aber wir redeten nie miteinander.

Ende November fuhr ich ins *ORWO-Haus* zum Konzert. Das ist ein Ostplattenbau, an der Grenze zwischen Lichtenberg und Marzahn. Oben waren überall Proberäume, die untere Etage hingegen war entkernt worden, dort war jetzt ein großer Tanzsaal mit rustikaler Betonoptik. Die Vorbands interessierten mich nur halbwegs, dafür traf ich viele alte Bekannte, Bier gab's in 0,3-Liter-Bechern, was zwangsläufig dazu führte, dass man sich immer wieder anstellen musste.

Am Klo musste man sich nicht anstellen, denn das war nämlich gesperrt.

„Müsster rausjehen und in die Büsche pissen. Hier hat jemand vor dit Klo jeschissen! Und wat für 'nen Haufen. Dit muss ick erstma wegmachen!", erklärte die Klofrau.

Hauptband war *Gruppe Manos* und die waren vom ersten Moment an in Feierlaune. Ich auch! Meine Jacke hatte ich in die Obhut einer freundlichen Dame gegeben, die nicht tanzen wollte, und dann stand ich vor der Bühne und moschte wild. Oder hüpfte wie ein Flummi oder spielte Luftgitarre. Und natürlich sang ich mit.

Nach meinem Lieblingslied „Hol mir 'ne Bockwurst" musste ich pinkeln. Das Klo war gesperrt.

„Ab in die Büsche. Hier hat so'n Hirnie die janzen Klos mit Scheißpapier verstopft und denn jespült. Sieht aus wie nach'm Tsunami! Wat für 'ne Sauerei!"

Vor der Eingangstür stand ein Krankenwagen mit eingeschalteter Rundumleuchte. War wie Pinkeln unterm Weihnachtsbaum.

Als ich wieder reinkam, sah ich Ulrike. Sie lag auf einer Krankentrage und war mit einer Decke zugedeckt. Sie hatte Tränen in den Augen und ihr Make-up war verschmiert.

„Ach du Scheiße! Was ist passiert?"

„Das ist so blöd, das kann man gar nicht erzählen!"

„Mach's trotzdem!"

„Ich bin auf'm Klo ausgerutscht. Auf der Kotze von so ner blöden Kuh, die das Waschbecken nicht getroffen hat. Hat tierisch geknallt in meinem Bein und ich konnte keinen Schritt mehr laufen. Fickscheiße! Ich wollte *Manos* sehen und nicht ins Krankenhaus!"

„Falls es was Ernstes ist und du 'ne Haushaltshilfe brauchst, ruf da an. Und sag, dass du Mikis haben willst!"

Ich gab ihr eine Visitenkarte von meiner Orga.

„Mikesch? Wie die Lumpenkatze aus dem Fernsehen?"

„Na ja, fast! Ich drück dir die Daumen."

Sie wurde dann abtransportiert und ich flitzte zurück in den Saal, gerade rechtzeitig zur Weihnachtsrunde, die mit dem Song „Kranker Tannenbaum" begann.

Auf der Bühne war die Rutsche aufgebaut worden, und jeder, der wollte, konnte hoch und Kinderspielplatz für Erwachsene spielen. Gab kurz Probleme, weil ein Fetti steckengeblieben war, aber dem wurde schnell geholfen, während die Band „Der Fuchs geht durch den Wald" spielte.

Nach zwei Stunden war Schluss, ich war klitschnass geschwitzt und glücklich. Mit so viel Spaß hatte ich lange nicht mehr getobt.

Pinkeln war draußen im Gebüsch, weil auch auf dem Jungsklo jemand alles vollgekotzt hatte.

„Schon der dritte Vogel heute Abend. Dit is echt schlimmer als im Irrenhaus! Ick mach hier jar nüscht mehr sauber, bevor sich der letzte Saufsack nich verpisst hat!", sagte die völlig entnervte Klofrau. Ich gab ihr fünf Euro Trinkgeld. Obwohl ich nicht ein einziges Mal im Klo gewesen war. Sie hatte sich das trotzdem verdient, fand ich.

Der Dezember war bunt, es gab keine Regeln mehr, jede Kneipe im Friedrichshain war auch ein Glühweinstand. Es roch gut, es war schön, durch die Straßen zu laufen und ich merkte, wie die widerlichen Coronaregeln mich unterbewusst geprägt hatten. Gut, dass die für immer weg waren.

Ich war auf dem Weg ins *Krüger*, eine der schönsten Eckkneipen im Friedrichshain und ein Laden, der es geschafft hatte, sich vom Gestern ins heute zu transformieren. Ich könnte auch sagen, meine dritte Stammkneipe. Und da rief mich eine unbekannte Nummer an.

„Hey, hier ist Ulrike!"

Ich wusste nicht, wer sie war. Ich kannte nur eine Ulrike, und die war sie definitiv nicht.

„Hier ist Mikis."

„Musst ja nicht umfallen vor Begeisterung. Hast mir die Nummer beim *Manos* Konzert gegeben."

„Ah, du bist es. Wie geht's dir?"

„Scheiße! Bin dreimal am Meniskus operiert worden und jetzt zu Hause. Krankenkasse hat vier Wochen bewilligt. Haste Zeit für mich?"

„Ja! Schick mal deine Adresse. Ich meld mich morgen!"

Ulrike wohnte an der Frankfurter Allee, in einem der letzten Neubauten, die der Osten da hingestellt hatte, damit die Protokollstrecke für Erich Honecker hübsch war. Ich kannte die nur von außen und hatte die Häuser nie gemocht.

Im Hausflur roch es nach Kohl und *Febreze*. Ulrike trug Jogginganzug und zwei Krücken.

Ihre Wohnung war der komplette Kontrast zum Haus, denn bei ihr sah es aus wie im Museum. Orientteppiche, dunkle Wände, alte Möbel.

„Wohnst du alleine?", fragte ich sie.

„Die einen sagen so, die anderen so. Kinder sind ausgezogen und mein Mann ist Vulkanologe. Der ist nie zu Hause, sondern immer irgendwo auf der Südhalbkugel unterwegs und starrt über Kraterränder. Willste Kaffee?"

„Lieber einen Tee."

„Was bist du von Beruf?", fragte ich sie, als wir am Tisch saßen.

„Ich bin Bulle!"

Instinktiv war ich wohl ein Stück zurückgewichen, was ihr nicht entgangen war.

„Musste keine Angst haben, mich interessiert nicht, ob du Gras in der Tasche hast, bei *Netto* Schnaps klaust oder linksradikale Umsturzpläne hegst. Ich bin auf häusliche Gewalt spezialisiert."

„Aua, das ist ja auch kein schönes Themenfeld!"

„Schön nicht, aber leider notwendig. Was kannst du denn so?"

„Im Zweifelsfall deine Uniform bügeln, ansonsten fast alles, was mit Haushalt zu tun hat."

„Ich bin zivil. Überziehst du auch Betten, oder ist dir das zu eklig? Ich hab mir beim Sturz auch irgendwas in der Schulter verletzt und krieg das nicht hin."

„Kommt darauf an, wie die Bettwäsche aussieht. Aber ja, kann ich machen."

Ansonsten war es reine Routine, bisschen putzen, bisschen einkaufen und kochen, wenn es passte.

„Was soll ich machen, während du sauber machst? Spazierengehen ist gerade nicht so angesagt bei mir."

„Such dir einen Platz, wo ich dich möglichst wenig störe."

„Dann nehm ich die Couch!"

Ich fing im Schlafzimmer an. Neue Bettwäsche hatte sie rausgelegt und die alte war auch nicht besonders verhaltensauffällig. Das Bett stammte aus der Vorkriegszeit, die Kleiderschränke auch. An den Wänden waren alte Gemälde mit dunklen Wäldern drauf. Das war so gemütlich, dass ich mich am liebsten hingelegt hätte.

Die Seite ihres Mannes war offensichtlich die am Fenster, da musste auch nicht neu bezogen werden. Dafür lag unter dem Kopfkissen ein Vibrator. Das war aber garantiert nicht seiner!

„Soll ich Mucke anmachen?", rief sie.

„Kannste gerne machen!", rief ich zurück.

Wenig später erklang mit Synthesizern unterlegtes Gewittergrollen und Kreissägengitarren. Das kam mir bekannt vor.

„Wer is'n das?", rief ich.

„*Thy Light*! Coole Depressive-Suicide-Band aus Brasilien."

Die Musik war perfekt fürs Putzen geeignet.

Als ich ins nächste Zimmer ging, fragte ich sie: „Hört dein Mann das auch?"

„Haha, früher mal. Seit ein paar Jahren kann er das nicht mehr ertragen. Eigentlich hört er nur noch meditative Lavastromklänge mit Kopfhörern. Ach so, im Zimmer nebenan musst du nichts machen, das ist sein Zimmer."

Früher war es bestimmt ein Kinderzimmer gewesen, jetzt war es Arbeitszimmer. Die Wände waren rundum mit Regalen verkleidet, in denen Steine lagen. Man brauchte nicht viel Phantasie, um zu erkennen, dass die alle vulkanischem Ursprungs waren.

Danach kam noch ein Zimmer, das war eindeutig ihr Raum. Schwarz gestrichene Wände, ein Altar mit umgedrehtem Kreuz in der Ecke, ein riesiges Poster von *Amenra*.

Küche ging schnell, Bad dauerte wie immer am längsten, aber war auch unproblematisch. Mal abgesehen davon, dass sie sich beim Zähneputzen wohl gerne aus nächster Nähe betrachtete. Zumindest sah der Spiegel so aus.

Zum Schluss putzte ich das Wohnzimmer, wo inzwischen noch viel bessere Saubermachmusike lief.
„Wer ist das?"
„*None*. Kennste die?"
„Nee, aber klingt wie die alte norwegische Schule."
„Ist relativ neu, aber macht alles ein Typ alleine. Der hat wohl öfters *Burzum* gehört."
„Mit Sicherheit."
„Machste deinen Job gerne?", fragte sie mich.
„Ja, meistens schon!"
„Is dir nich peinlich?"
„Meinst du, weil Hausarbeit so unsexy ist? Oder weil ich eigentlich einen typischen Frauen-Beruf ausübe?"
„Weiß nicht, könnte ja jemand denken, du bist doof und kannst nichts anderes."
„Das stimmt, da brauchte ich eine Weile für. Aber ich definiere mich ja auch ganz anders. Also nicht als Raumpfleger. Und dass ich nicht doof bin, merkt man entweder ziemlich schnell oder gar nicht."
„Aber eigentlich bist du was ganz anderes, als das, was du machst! Ich kenn dich ja nicht wirklich, aber ich merke so was."
„Eigentlich bin ich Schriftsteller. Aber da kann man leider nicht von leben."
Als sie mich dann zur Tür brachte, schaute sie sich um und sagte: „Verrückt! So sauber war die Bude ja noch nie. Dankeschön!"
Unser nächster Termin war zwei Tage vor Weihnachten. Wir hatten verabredet, dass wir dann zusammen zum Wismarplatz gehen und dort einen Tannenbaum kaufen würden. (Natürlich einen kranken Tannenbaum!)
Sie schickte mir vorher eine Nachricht: „Bitte pünktlich sein!"
War ich. Natürlich!

Sie stand in einem pinken Bademantel im Flur. Das war ein echter Kontrast zu ihrem sonstigen Aussehen.
„Is alles anders jetzt. Mein bekloppter Mann musste dringend nach Hawaii fliegen, weil der Kilauea-Vulkan besondere Anomalien

aufweist. Das kann er sich nicht entgehen lassen. Und ich fahre zu meiner Tochter nach Dresden, um da Weihnachten zu feiern. Kannst du mich zum Ostbahnhof bringen? Weil, Rollkoffer und Krücken, das funktioniert irgendwie nicht."
„Klar. Das ist gar kein Problem!"
„Schön. Jetzt wird es aber diffizil. Ich krieg meinen BH nämlich nicht zu, wegen dieser blöden Schultersehne. Und in Jogginghose will ich auch nicht fahren. Kurzum, du musst mir beim Anziehen helfen."
Das war definitiv eine neue Herausforderung in meiner Betreuer-Karriere!

Wir gingen ins Schlafzimmer, und sie erklärte mir, wie wir uns am besten positionieren sollten, damit ich sie nicht im Spiegel sehen könnte. Sie würde den BH vorne umlegen und ich müsste ihn dann nur verschließen. Aber! Und das war ganz wichtig! Ich sollte aufpassen, dass ich sie dabei möglichst nicht berühren würde. Nach drei Versuchen klappte es. Der Büstenhalter war im Übrigen von hinten schwarz und mit Spitze. Mehr sah ich ja nicht davon.

Da keine Jeanshose passte, sollte ich ihr nun helfen, eine Strumpfhose über die Kniebandage zu ziehen.

Wir wussten aber beide nicht, wie das am diskretesten funktionieren sollte. Von hinten würde ich ihren Arsch sehen, von vorne war sie zwar mehr bedeckt, aber das war ja noch intimer.

Und dazu kam, dass ich zwar Erfahrungen im Strumpfhosenausziehen hatte, aber nicht im Anziehen.

Wir entschieden uns für die Von-Vorn-Variante. Hauptsächlich, weil ich so am besten über das Knie kommen konnte.

„Und pass bloß auf, dass du mich nicht anfässt. Sonst explodier' ich!"

Ich war hoch konzentriert, registrierte ihre langen Zehen, ihre glattrasierten Beine, und natürlich hatte ich auch mitbekommen, dass ihr String transparent war.

Bis zu den Knien ging alles gut.

„Willste jetzt alleine?", fragte ich sie.

„Nee, mach du weiter!", sagte sie und in ihrer Stimme flirte eine dunklere Klangfarbe mit.
Auf ihrem linken Oberschenkel war ein Pentagramm tätowiert. Während ich versuchte, ihre Strumpfhose daran vorbeizumanövrieren, strich mein Daumen über ihre Haut.
Und dann ging alles ganz schnell.
Was ich ihr mühsam angezogen hatte, flog in Sekundenbruchteilen wieder von ihr.
„Selber Schuld, wenn du mit dem Vulkan spielst!", schnaufte sie.
Drei Stunden später standen wir am Ostbahnhof. Gut dass sie eine Flex-Fahrkarte hatte, die für jeden Zug gültig war.
Wir küssten uns zum Abschied, und weil das so schön war, stieg ich mit in den Zug ein und wir knutschten uns bis zum *BER*. Dort half ich ihr noch in den Anschlusszug.
„Nicht verlieben!", sagte sie zum Abschied.
„Gute Reise!", sagte ich.

Nach Silvester schrieb sie mir: „Ist wohl gerade Vulkanpause und der Alte hockt hier zu Hause rum. Da brauch ich keine Haushaltshilfe. Aber wir können uns gerne in der Wohnung von meiner Freundin Sanni treffen. Die ist in Thailand, und ich muss für sie Blumen gießen."
Wir trafen uns den ganzen Januar, zwei Mal in der Woche. Die Blumen goss *ich* immer.
„Wunderbar! Sex auf Krankenkassenverordnung! Das gibts bestimmt auch nur einmal im Leben!", sagte sie einmal, als wir im Bett lagen und damit beschäftigt waren, wieder zu Atem zu kommen.
Als die Termine aufgebraucht waren, beendete sie unsere Affäre. Weil, bisher war es ja quasi etwas Dienstliches, aber ab nun würde es etwas Privates werden. Und das fand sie unfair ihrem Mann gegenüber.
Manchmal trafen wir uns danach zufällig im *Panenka* oder in der *Zukunft*. Dann grinsten wir uns an. Manchmal redeten wir auch. Aber das war eher die Ausnahme.

Als ich entdeckt hatte, dass Gruppe *Manos* im November wieder im *ORWO-Haus* spielen würde, schickte ich ihr eine Nachricht. „Hab ich gesehen. Hab mir dafür extra schon Gummistiefel gekauft. Mit denen kann man nicht so leicht ausrutschen!"

Mai Ling – zum Zweiten

Wir hatten uns telefonisch verständigt, dass ich die Mittwochvormittage bei ihr arbeiten würde und so stand ich an einem arschkalten, tristen Januartag vor ihrer Haustür. Machte aber leider keiner auf. Ihre neue Arbeitsstelle war zehn Minuten entfernt und dort lotste sie mich zur Schlüsselübergabe hin. Wir hatten uns lange nicht gesehen und umarmten uns.

Ich fand zwei Dinge an ihr immer besonders. Nämlich, dass sie noch schlimmer berlinern konnte als ich. Und, dass sie Sommersprossen hatte. Was ja eher ungewöhnlich war.

Sie berlinerte immer noch. Aber die Sommersprossen waren verschwunden. Die hatte sie sich weglasern lassen.

Die Wohnung sah aber noch genauso aus. Der alte Mann war inzwischen fester Mitbewohner, hatte an diesem Tag aber wohl einen Arzttermin gehabt und der Wäscheberg hatte epische Ausmaße. Die telefonisch transferierte Einkaufsliste auch. Kurzum, ich fühlte mich sofort wieder zu Hause.

Schwarzen Tee hatte ich mir selber mitgebracht, und während ich Wäsche faltete, hörte ich *BBC2*. Das war immerhin ein Fortschritt, früher war es immer still in ihrer Wohnung, wenn ich alleine dort war.

Bei *Edeka* war es genauso voll wie vor meiner Pause und meine Augen waren nicht besser geworden. Irgendwann war der Einkaufswagen bis zum Rand voll, und ich hatte arge Probleme, das ganze Zeug in den Rentner-Volvo und meinen Rucksack zu stopfen.

Auf die Speisekarte hatte sie Spaghetti Bolognese gesetzt.

Nach drei Stunden machte ich mich vom Acker.

In den darauffolgenden Wochen öffnete mir immer der alte Mann. Ob er kein Deutsch konnte, oder es nicht sprechen wollte, hab ich nie rausgekriegt, jedenfalls bestand unsere Kommunikation immer aus dem selben Dialog:

„*Edeka*! Haha!"

„Ja! *Edeka*!"

Dann gab er mir den Wohnungsschlüssel und ging wieder ins Bett. Und ich konnte einkaufen gehen, wann ich wollte, und musste ihn nicht wieder wecken.

Die Schlüsselrückübergabe erfolgte nach dem selben Muster:

„*Edeka* Hehe?"

„Oh ja, *Edeka*. Puh!"

Manchmal ärgerte ich mich, dass er kein Deutsch sprach, denn ich war schon neugierig, ob er damals im Krieg beim Vietcong oder bei den anderen war. Und ich hätte ihm erzählen können, dass ich im Kindergarten mein Taschengeld für die Kinder in Vietnam gespendet hatte. Aber eigentlich war es auch besser so. Denn wer weiß, vielleicht hätte er mich daraufhin zu einer Hühnerfüßesuppe eingeladen und da wusste man ja, dass es als Beleidigung galt, wenn man da nicht alles abnagte und so tat, als wenn es auch noch schmecken würde.

Irgendwann hatte der Rentner-Volvo keine Lust mehr auf die ständigen Fahrten mit Übergewicht und verlor unterwegs einen Reifen. Der ließ sich wieder anbauen, aber wie man sich denken konnte, war das kein Vergnügen. Denn so ein Wagen fährt ja nicht unbedingt auf der Sonnenseite des Lebens, sondern durch den ganzen Dreck, der auf dem Bürgersteig rumliegt. Reifenverlieren wurde dann zur Standardprozedur, manchmal fuhr ich dann einfach auf der Felge zurück. Irgendwann hatte sie endlich einen neuen Trolley bestellt. Der war noch hässlicher als der alte, fuhr sich aber richtig gut und war vor allem nicht mehr so Lautstärkeverhaltensauffällig. Ich überlegte ernsthaft, ob ich mir auch so ein Teil kaufen sollte, da ich es leid war, zu Lesungen die Bücher immer im Rucksack zu schleppen. Aber wenn, dann natürlich einen schwarzen und nicht so einen beige-grau-melierten.

Die Einkaufsliste war nicht nur endlos, sondern auch immer voll von Zeug, bei dem sich mir die Haare an den Armen aufstellten.

Lauter Lebensmittel, die bei mir zu Hause auf dem Index standen. Das war eine grauenhafte Mischung aus ungesund und noch ungesünder. Kinderwurst mit bunten Bildern drauf und viel Zucker drin, Fertiggerichte, Schokoriegel und solches Zeug, Aber offensichtlich aßen die Kids nichts anderes und ich war nicht als Ernährungsberater angestellt.

Unabgesprochen hatte der alte Mann einen Aufsteh-Rhythmus, der mir fast jedes Mal in die Quere kam. Entweder erleichterte er sich lautstark auf dem Klo, genau zu der Zeit als ich anfangen wollte, das Bad zu putzen, oder er wollte kochen, wenn ich gerade dabei war. Beim Kochen musste er sich hinten anstellen, das Bad hingegen putzte ich nicht, nachdem er kacken war.

Manchmal hatte Mai Ling Homeoffice, dann quatschten wir eine Weile. Dabei sagte sie oft, dass sie mir so dankbar wäre, weil ich der einzige war, der ihr helfen würde und sie ohne mich gar nicht wüsste, wie sie das alles schaffen sollte. Dass es ihr nicht besonders gut ging, war nicht schwer zu merken. Ich versuchte, ihr dann Tipps zu geben. Von Zeit zu Zeit versuchte sie, mich auch zu verkuppeln, aber das funktionierte natürlich nicht mal ansatzweise. Ihre Freundinnen waren alle viel zu jung für mich und meine Bedürfnisse, noch mal eine Familie zu gründen, tendierten gegen Null.

Zu meinen Aufgaben gehörte nicht nur Wäsche falten, sondern diese auch in den Schrank zu räumen. Was insbesondere bei den Kindern ein Ding der Unmöglichkeit war, denn die hatten einfach zu viele Klamotten. Und es kamen immer wieder neue dazu. Also musste ich alle paar Wochen die Schränke komplett ausräumen und versuchen, eine Grundstruktur herzustellen. Die spätestens zwei Wochen später allerdings wieder dem Chaos gewichen war. Manchmal bat sie mich darum, auch in ihrem Schrank Ordnung zu machen. Das war eine spannende Angelegenheit. Im Jungs-Schrank konnte man einfach nach dem Muster „Hosen-Pullover-Shirts-Schlüpper-Socken" arbeiten. Bei ihr ging das nicht so einfach. Ich versuchte es trotzdem. Blusen waren dann auch Pullover, Röcke durften zu den Hosen, Topps zu den Shirts, Strumpfhosen zu den Strümpfen.

Beim nächsten Mal war wieder alles durcheinander.
Die meiste Freude hatte ich an der Unterwäscheschublade. Da fanden sich auch diverse Sachen, die ich vorher noch nicht von der Leine kannte, und ich durfte zum ersten Mal in meinem Leben Strapse, Mieder und Dessous zusammenlegen. Zwar war ich dem vietnamesischen Schlüpferfest niemals näher gekommen als hier, aber ob und wann es denn nun stattfand, erfuhr ich trotzdem nicht!
Die Stunden reichten bis Ostern und mir reichte das auch. Aber dann bekam sie nochmal ordentlich Nachschlag, weil eins der Kinder mehrfach ins Krankenhaus musste und sie es dorthin begleitete.
So wurde aus Winter Frühling und aus Frühling Sommer.
Der Job war eigentlich gar nicht schlimm. Worauf ich keine Lust hatte, machte ich einfach auch nicht. Inzwischen war ich da ganz entspannt. Aber es war auch keine Herausforderung oder was Schönes, es war einfach jeden Mittwoch die gleiche Routine. Die einzige Abwechslung war das Kochen, und zwar zwischen Bolognese und Senfeiern.
Sie wollte mich gerne behalten, aber inzwischen hatte auch ihre Krankenkasse kein Einsehen mehr. Da hatte sie den Bogen wohl eindeutig überspannt. Vor den Sommerferien nahmen wir Abschied.
Ob es irgendwann noch mal eine Fortsetzung geben wird, weiß ich nicht. Ich denke aber nicht.

Evelyn

Eigentlich wollte ich ja keine Jobs mehr in Karlshorst übernehmen, der eine hatte mir gereicht. Aber Evelyn wohnte wirklich in Bahnhofsnähe und ich hatte gerade wenige Klienten. Also sagte ich zu.
Glücklicherweise! Denn Evelyn war die mit Abstand coolste Klientin, die ich je hatte.
Am Telefon klang sie lustig. Sie hatte sich das Steißbein gebrochen und war nicht besonders gut zu Fuß gerade, meinte sie. Und, dass ich Geduld haben sollte nach dem Klingeln. Weil, dit dauert 'ne Weile, bis sie ihre Kiste aus'm Stuhl hochjehievt hat.

Ich wusste sofort, dass wir uns verstehen würden!
So lange dauerte es aber dann gar nicht, wahrscheinlich hatte sie schon im Flur gewartet.

Sie war ein einsechziger Quadrat, so hoch wie breit, der man ihr Alter nicht wirklich ansah. Sie hatte einen rosigen Teint, Lachfalten um den Mund und wache Augen.

„Jut herjefunden?", fragte sie mich.

„Ja, keine Probleme. War aber auch nich so schwer!"

„Ach sach dit nich. Ick hatte schon welche, die sich uff die Trabrennbahn verloofen ham, weil se in die falsche Richtung jelatscht sin! Na, denn setzen wa uns erstma in die Küche."

Sie lief vor mir in Tippelschritten und schnaufte dabei.

„Dit is 'ne Scheiße! Wie 'ne Ballerina bin ick ja noch nie jeloofen, aber jetze komm ick mir vor, wie een altet Brauereipferd."

„Wie ist denn das passiert?"

„Uff'm nassen Laub ausjerutscht und denn uff'n Podex jeplumpst. Der is ja eijentlich dick jenuch, det da nüscht passieren kann, aber hab ick wohl Pech jehabt. Der Arzt meente, ick soll im Bett liejen bleiben. Als wenn da wat besser von wird."

Auf ihrem Stuhl lag ein Schwimmring, auf den sie sich vorsichtig setzte.

„Ach, ick Dussel, ick wollt doch noch Kaffee servieren!"

„Bleiben Sie mal sitzen! Ich mach das!"

Zum Kaffee gab es Zimtschnecken.

„Schmeckt's? Die back ick dreimal die Woche. Kann ick nich jenuch von kriegen."

„Die sind super. Ich hab noch nie so leckere Zimtschnecken gegessen!", antwortete ich. Und das stimmte auch. Die Dinger hatten Suchtpotenzial.

„Ach kieke, 'n Charmeur biste also och! Dit jefällt mir! Wie biste denn uff die Idee jekommen, Timur-Helfer zu werden?"

„Eigentlich bin ich Kulturjournalist, aber da konnte ich irgendwann nicht mehr von leben."

„Aha! Musste da och manchmal dreckige Nachttöppe saubermachen und alte Schachteln unter die Dusche abseifen?"

„Nee, ich bin ja kein Pflegedienst. Ich mach nur Haushalt und so Kram. Apropos, soll ich mal Staubsaugen und anfangen zu putzen?"

„Nö, heute nich. Meine Tochter kommt nachher. Die kann dit allet machen. Weil die feine Dame hält sich zu Hause 'ne Putzfrau, da kann die sich hier mal nützlich machen. Aber kannste Kartoffeln schälen? Ick wollte nämlich nachher 'ne Suppe machen."

Das konnte ich natürlich und dann war auch schon Feierabend. Beim zweiten Termin entdeckte sie die Union-Nadel an meiner Jacke.

„Na, dit hab ick mir ja fast jedacht, det du Unioner bist. War mein Hansi och. Der Teufel hab ihn selich."

Wir tranken Kaffee und dazu gab es extrem leckere Rosinenschnecken. Die backte sie nämlich an den Tagen, an denen sie keine Zimtschnecken machte.

„Steh heut was an?", fragte ich sie.

„Stehen tut gloob ick nüscht, aber liejen tut wat! Nämlich 'ne Menge Wäsche. Kannste bügeln?"

„Klar, kann ich das."

„Und du kriegst och keene Frühlingsjefühle, wenn de meine Unterwäsche unterm Plätteisen hast?"

„Nee, glaub nich!"

„Na, denn!"

Bisher hatte ich nicht viel vor ihrer Wohnung gesehen, das konnte ich jetzt nachholen.

Vorkriegsbau, drei Zimmer. Das Wohnzimmer war groß und hell und sah aus wie ein DDR-Museum. Die Schrankwand stammte aus den 60ern und glänzte wie neu. Tisch und Polsterecke waren auch noch original und über der Couch hing das Bild *Am Strand* von Walter Womacka.

„Dit ham wa vom Hochzeitsjeld jekooft damals. Hansi wollte dit immer rausschmeißen und durch wat modernet ersetzen. Hab ick aber immer vahindert. Bin doch nich blöd und stell mir so 'nen Pressspanmist ins Wohnzimmer."

„Das hast du richtig gemacht!"

Sie legte ihren Schwimmring in den Sessel und setzte sich, während ich das Bügelbrett aufstellte und den Wäschekorb aus dem Bad holte. Dann legte ich los. Kopfkissen, Bezüge, Laken, Handtücher und ganz unten dann ihre Schlüppis. Die waren groß wie Zirkuszelte und passten gar nicht aufs Bügelbrett. Sie las in einer Klatschzeitung und guckte manchmal rüber zu mir, ob ich auch alles richtig machte.

„Wieso kannste eijentlich büjeln?"

„Von meiner Mutter, musste ich früher zu Hause immer machen."

„Hab ick mit meene Kinda ooch vasucht, aber die ham sich zu blöd anjestellt. Die ham's nich ma hinjekriegt, 'n Stofftaschentuch uff Kante zu lejen. Da hab ick dit lieba selba jemacht. Wenn de am Freitach kommst, kannste da vorher noch in die Koofhalle jehen und am Fleischstand anderthalb Kilo Mischhack holen? Denn mach ick mir nämlich für't Wochenende Königsberjer Klopse."

Nach dem Wochenende fragte ich sie: „Wie waren die Königsberger Klopse?"

„Die waren jut, aber ick bin trotzdem sauer!"

„War was mit dem Hackfleisch?"

„Blödsinn, hab doch jesacht, die Klopse waren jut. Aber mit 'nem jebrochenem Steiß macht ja nich mal Pupsen Spaß. Da freut man sich die janze Zeit druff, es ordentlich knattern zu lassen, und denn tut dit weh wie die Hölle!"

„Das tut mir leid! Was gibt's heut zu tun?"

„Im Haushalt nüscht, dafür musste dir aber meen Jejammer anhörn!"

Und dann setzten wir uns an den Küchentisch, tranken Kaffee und aßen Zimtschnecken.

„Wat is'n mit Union los, die ham ja schon wieder verloren. Klingt ja fast wie damals im Osten!"

„Ich weiß es auch nicht. Irgendwie ist da der Wurm drin. Verlieren gehört dazu, aber fünf Mal hintereinander ist schon komisch."

„Steigen se ab?"

„Nee, glaub nich. Die fangen sich schon noch."

„Dit hat Hansi och immer jesacht und zack, waren sie wieder in die zweete Liga."

„Gut, aber wer nich absteigt, kann ja auch nicht aufsteigen!"

„Dit hat er och jesacht. Ick war ja immer froh, wenn die abjestiegen sind, denn war wenigstens 'ne Weile Ruhe. Aber wenn die in die Oberliga waren, denn war der jedet Wochenende uff Achse. Der is och immer auswärts jerammelt. Und immer jabs uff die Fresse. Ick weeß jar nich, wie oft der erst Sonntagabend zurückkam, weil ihn die Trapo einkassiert hatte. Oder er mit irgendwelchen Sachsen in die *Mitropa* durchjesoffen hat. Hab ick nie vastanden. Erst kloppen se sich halb tot und danach können se jar nich jenuch voneinander kriegen. Am schlimmsten wart imma, wenn's jejen die Schachtficker aus Aue oder die schwule Lokomotive aus Leipzig jing. Denn is der richtich durchjedreht. Wat och imma die bei dem ausjelöst ham."

„Bist du mitgegangen ins Stadion?"

„Nee. Der hat mir nich mitjenommen. ‚Is nüscht für dich, Evchen! Und wer soll sich denn um die Blagen kümmern, wenn die Polente uns beede einkassiert', hat er imma jesacht. Ende der 70er wäre er beinahe in den Bau jewandert, wejen Rowdytum. Da hat ihn seene Brijade vor bewahrt. Weil er der beste Schweißer war und die ihn brauchten. Nach 'ne Weile jing dit aber wieder los. Und denn wurde der plötzlich häuslich. Na, dit jing mir denn aber och uff'n Puffer. Erst is der nie da und denn plötzlich immer. Und denn sacht er eines Tages zu mir: ‚Ick lieb dir Evy. Aber die Koppschmerzen halt ick jetzt nich mehr aus!' Und denn is der einfach umjefallen und war tot. Da war der noch nich ma Fuffzich."

Ihr liefen Tränen die Wangen herunter, und ich merkte, dass ich auch kurz davor war zu heulen.

„Vasuch ja nich, mir zu trösten! Dit schaffste nämlich nich!", fauchte sie und schob mir den Teller mit den Schnecken zu.

Bevor ich losging, fragte ich sie: „Darf ich dich mal umarmen?"

„Wenn de nüscht Unsittlichet willst, denn kannste!"

War schwer, sie in die Arme zu nehmen, weil sie so breit war, aber es ging.

Auf der Straße konnte ich meine Tränen dann nicht mehr zurückhalten und ich musste drei S-Bahnen wegfahren lassen, weil ich gar nicht mehr aufhören konnte zu heulen.

Beim nächsten Mal entschuldigte sie sich bei mir. Dafür, det sie so wehleidich jewesen war.
Diesmal war Gardinentag. Die musste ich erst abnehmen, dann rotierten sie in der Waschmaschine und wir tranken Kaffee.
„Hast du dann noch mal einen anderen Mann kennengelernt?", fragte ich sie.
Und sie sah mich verwundert an. „Wat is'n dit für 'ne Fraje? Eenen? Denkst, ick bin hässlich oder wat? Hundert! Oder Zweehundert, wat weeß ick denn. Hab nich mitjezählt. Aber ick weeß, wat de meenst. Meen Herz hat keener mehr jekriegt. Dit war weg."
Als ich auf der Leiter stand und die Wohnzimmergardinen aufhängte, hielt sie mich am Hintern fest.
„Musste jetz nich uff komische Jedanken kommen, dit is 'ne reine Vorsichtsmaßnahme. Weil, wenn de runterfliechst und dir och dit Steißbein brichst, denn hat da niemand wat davon!"

Kurz vor unserem letzten Termin hatte Urs Fischer sein Traineramt bei Union niedergelegt. Das war ein kollektiver Schock für alle. Ich hatte mich an dem Tag, als die Nachricht rauskam, mit Freunden betrunken. Wir stießen auf das Ende einer Ära an, die es so wohl nie wieder geben würde. Und darauf, dass nach jedem Ende ein neuer Anfang kommt.
„Der tat mir echt schon leid! Der konnte einfach nich mehr. Is ja och normal. Weil, wat soll denn nu noch passieren? Soll er Meister werden?", meinte sie dazu.
„Nee, das will ja auch niemand!"
„Na siehste! Und jetzt probier ma, in die *Hörzu* war een Rezept für Bananenschnecken. Hab ick gleech nachjebacken. Schmecken die dir?"
Nein, die schmeckten nicht. Ihr aber auch nicht.

„Typisch! Die Westler sind zu allem zu doof. Sogar zum Backen", sagte sie und kippte das ganze Backblech in den Mülleimer.

Spätestens da war klar, dass sie wieder fit war. Und als sie mir erzählte, wie sehr sie sich aufs Schwofen im Rentnerclub freute, wusste ich, dass unsere Zeit vorbei war. Die Krankenkasse hatte sowieso schon geschrieben, dass sie keine Verlängerung übernehmen würden.

Evelyn war eine der wenigen, der ich von diesem Buch erzählte. Ich fragte sie, ob es okay wäre, wenn ich auch über sie schreiben würde.

„Nich, wenn ick doof dabei rumkomme! Ansonsten ja. Aber außerdem fehlt ja da meeene janze Biographie. Weil denn musste ja noch schreiben, det ick fast 40 Jahre bei die Reichsbahn jearbeitet hab. Und denn noch 'ne janze Weile bei die Bundesbahn. Und denn schreib noch, det ick jerne tanze. Am liebsten zu Liedern von Roland Kaiser und Howard Carpendale. Aber nich zu Roger Whittaker. Der is so'n komischer Kinderfickertyp, find ick. Und det ick jerne pupse, nimmste vielleicht wieder raus. Dit jehört sich ja nich für 'ne anständige Dame. Obwohl. Dit mit die anständige Dame gloobt mir ja och niemand! Oder?"

Claudia & Mathias

Claudia und Mathias bekam ich im Spätsommer 2021.

Also zu der Zeit, als wir alle hofften, dass Corona vorbei war und noch nicht wussten, dass der Talkshow-Schwätzer und Doktor Neunmalklug Lauterbach bald Gesundheitsminister werden würde. Und kaum jemand ahnte, dass die bösartigen Konzepte für 3G und 2G schon in irgendwelchen Schubladen rumlagen.

Ich war gerade verliebt, ich hatte September-Schmetterlinge im Bauch und fühlte mich wie in der neunten Pubertät. Außerdem spielte Union plötzlich international im Europa-Cup und ich hatte Tickets dafür bekommen.

Sie wohnte um die Ecken, wollte einen Tag in der Woche. Kochen, Wäsche und dies und das. Aber nicht putzen. Das klang nach Traumjob.

Als ich vor ihrer Haustür stand und ihren Namen nicht fand, stellte ich fest, dass die Schmetterlinge wohl auch im Kopf angekommen waren. Denn ich hatte einen klassischen Anfängerfehler gemacht und am Telefon keinen Adressenabgleich vorgenommen. Da gab es in den Aufträgen öfters mal Abweichungen. Ich rief sie an und auch ihre richtige Adresse war noch fußläufig, aber eben sieben Minuten weiter und nicht mehr im Friedrichshainer Südkiez.

Am Telefon hatte ich schon gemerkt, dass wir miteinander konnten. Und als wir uns gegenüberstanden, war es noch deutlicher.

Obwohl: Sie war eigentlich genau alles das, was ich ablehnte! Nämlich eine schwäbische Akademikerin mit einer 150-Quadratmeter-Eigentumswohnung im Friedrichshain. Eine Zugezogene, die uns die Wohnungen weggenommen hatte!

Aber: Wir waren nicht mehr in den 2000ern, ich war auch nicht mehr ein junger Ost-Rebell in seinen Dreißigern und Klischees waren auch nicht mehr das, was sie mal gewesen waren.

Sie wünschte sich eine Kartoffelsuppe, die Zutaten waren alle schon da und ich kochte die genauso, wie ihre Oma es früher gemacht hatte. (Das wusste ich natürlich in dem Moment noch nicht, sondern erst, als sie es mir eine Woche später erzählte.)

Sie fragte mich, was ich trinken wollte, und ich sagte: „Schwarzen Tee!"

„Was, Gin Tonic?", antwortete sie mit einem Hauch von Erschrecken in der Stimme.

„Nee, Tee!"

„Ach so. Ich hab mich schon gewundert, ich meine, Gin und Tonic hab ich."

„Das wäre ja ein schöner Einstieg, am ersten Tag, um kurz vor 10 Uhr mit einem Longdrink anzufangen!", meinte ich und wir mussten beide lachen.

Im Zentrum der Wohnung war eine große Küche mit langem Esstisch, der war ideal zum Wäschezusammenlegen. Denn Wäsche fiel wirklich jede Menge an, in diesem 4-Personen-Haushalt. Aber das störte mich nicht, denn die Zeit war vollkommen ausreichend für Kochen und Wäsche, und dann blieb immer noch Zeit für Staubsaugen und dafür, die Küche schickzumachen.

Wir waren schnell eingespielt. Am Abend vor unseren Terminen schrieb sie mir den Essenswunsch und welche Zutaten fehlten und ich holte die dann unterwegs. Sie bekamen einmal in der Woche eine Biokiste und meist orientierten wir uns dann daran, was da drin war. Also Kürbissuppe oder Kohlsuppe oder eben Kartoffelsuppe. Hühnersuppe ging auch immer. Die Kinder mochten natürlich am liebsten Bolognese. Claudias Lieblingsgericht war Gulasch. (Meins auch!)

Claudia und Mathias waren Privatklienten, das heißt, sie hatten keine Verordnung von der Krankenkasse, sondern hatten mich direkt bei der Orga gebucht. Ich fragte sie mal, ob das nicht ganz schön teuer wäre. Aber sie erklärte mir, wie viele Stunden ich ihr sparen würde, wenn sie nicht kochen musste oder die Wäsche falten. Und mit diesen gesparten Stunden konnte sie dann Sachen mit den beiden Kindern machen. Das leuchtete mir ein.

Corona war natürlich oft ein Thema, aber sie ging mir nicht auf den Keks damit. Wer sich impfen lassen wollte, der sollte das tun, und wer nicht, der sollte es bleiben lassen.

Als ich einmal vor ihrer Haustür stand und sie nicht öffnete, rief ich an. Ihr ging es richtig dreckig, der Test war zwar noch negativ, aber sie war sich sicher, dass sie sich das eingefangen hatte. Sie bot mir an, sicherheitshalber zu gehen und sie würde dann trotzdem bezahlen, aber das wollte ich nicht und da sie eh im Schlafzimmer war und im Bett lag, setzte ich eben eine Maske auf. Ihr nächster Test war dann positiv, ich hatte mich aber nicht angesteckt.

Um diese Zeit herum lernte ich auch Claudias Mutter kennen, die meinen Job super spannend fand und ganz viele Fragen stellte. Und die meinen Gulasch liebte.

In den Weihnachtsferien hatten die Kinder beschlossen, dass sie ab jetzt vegetarische Kinder sein würden. Dadurch änderte sich der

Speiseplan nicht so gravierend, dann gab es eben öfter vegetarische Bolognese.

Meist ging ich am Dienstagvormittag zu ihnen, und das wurde dann auch zu einem meiner Lieblingstermine in der Woche. Ich quatschte mit ihr oder mit Mathias, ich hörte Radio, ich kochte und hatte gute Laune. Und die Wäsche war Meditationszeit. Zumal ich mich nicht mit Socken beschäftigen musste, denn die waren Kinderarbeit. Ich warf die nur in eine Kiste und sortiert wurden die dann später.

Als der Frühling anfing, erwischte mich Corona dann doch noch, aber das war eigentlich nur ein einziger Tag, an dem es mir oll ging, danach war alles easy. Außer, dass ich zwar ganz viel Zeit hatte, aber tagsüber nicht schlafen konnte, weil ich nicht müde war.

Nachdem mich Anne zum Lasagne-König gekrönt hatte und ich Claudia davon erzählte, stand ab sofort auch bei ihr Lasagne auf dem Speiseplan. Das ging vegetarisch voll easy. Wie es schmeckte, wusste ich ja nie, aber offensichtlich hatte ich damit den Geschmacksnerv getroffen.

Bei Claudia hatte ich auch eine Premiere der besonderen Art. Als sie einmal vergessen hatte, mir abends die Einkaufsliste zu schicken, fragte ich sie am Morgen, was denn gebraucht wurde. Und sie schrieb zurück: „Am liebsten Schnaps! Ich bin total sauer und auf 180! Und ansonsten alles für Pfannkuchen mit Apfelmus."

Ich kaufte bei *Edeka* alle Zutaten für Eierkuchen ein und dann legte ich noch eine Taschenflasche *Goldbrand* aufs Band. Die ich extra bezahlte. Ich kam mir vor wie ein Suchti, denn ich hatte noch nie morgens um 8.45 Uhr Fusel gekauft. Die Verkäuferin interessierte das allerdings nicht die Bohne. Die hatte bestimmt schon diverse Pullen verkauft seit Schichtbeginn.

Claudia kriegte sich gar nicht mehr ein vor Lachen, als ich ihr die Flasche gab und die Geschichte dazu erzählte. Getrunken hat sie die aber, glaube ich, nicht. Jedenfalls nicht, solange ich da war.

Das große Kind war zwölf und sehr erwachsen. Als sie einmal nicht zur Schule konnte, weil sie krank war, sagte sie: „Ich wollte mich bei dir bedanken. Seit du bei uns bist, geht es meiner Mutter sehr viel besser und sie ist viel entspannter!"

Das hat mich fast umgeworfen. Ich brauchte eine Weile, um das einzuordnen.

Als das kleine Kind mal krank war, half sie mir beim Wäschezuordnen. Denn es gab einige Kleidungsstücke, bei denen ich nie wusste, wem sie gehören. Über die Auflösung war ich teilweise sehr verblüfft.

Mit Mathias redet ich viel über Fußball. Er hatte keinen wirklichen Herzens-Verein, aber er war Romantiker. Er mochte den alten Geist, den der Kommerz immer weiter aus den Stadien zu verdrängen versuchte. Und damit war er ja eigentlich genau auf meiner Wellenlänge. Ich borgte ihm „Wir werden ewig leben: Mein unglaubliches Jahr mit dem 1.FC Union". Weil darin so viele Sachen standen, die man sonst eigentlich nie mitbekam vom modernen Fußball.

Und er feierte das Buch!

Mit Claudia redete ich über viele andere Dinge. Über Kinder, die groß werden. Über Lehrerinnen, die krank werden, über Dinge, die verschwinden. Über Übergriffe im Alltag, in der S-Bahn oder auch im Bus.

Sie war unglaublich reflektiert. Sie wusste darüber Bescheid, wer Millionen ins Ausland transferierte und welchem jungen Mädchen man in den öffentlichen Verkehrsmitteln zur Seite stehen sollte.

Wir hatten gar nicht mitgekriegt, dass wir eigentlich schon ein Jahr zusammen waren.

Wir waren Normalität geworden, und das im wirklich positiven Sinn.

Und dann drehte sich die Jahresuhr einfach weiter und wir waren zwei Jahre zusammen.

Die Wäsche war auf jeden Fall komplizierter geworden, da die Kinder wuchsen und immer neue Shirts, Pullover und Hosen dazukamen. Und ich noch mehr Probleme mit dem Sortieren hatte.

Manchmal sah ich Claudia mehrere Wochen nicht, weil sie auf Reisen war. Dann war Mathias da. Manchmal sahen wir uns jede Woche, weil sie im Homeoffice war.

Irgendwann bekam Claudia Angst, dass ihre Mutter dement wurde. Dafür gab es diverse Indizien. Sie hielt mich für sowas wie einen Fachmann, da ich ja oft damit zu tun hatte. Aber nur weil ich darum wusste, wie sich das in einem Fall entwickelt, wusste ich natürlich nicht, wie es in einem anderen Fall war. Wir redeten viel und oft darüber. Die Tests der Mutter beim Psychologen waren alle super, aber trotzdem stellte sie dieselben Fragen immer wieder. Vielleicht lag es daran, dass sie nicht zuhörte, oder daran, dass sie sich einfach in ihrem eigenen Kosmos drehte. Eine richtige Antwort fanden wir nicht.

Ich kannte auch die Geschichte von ihrer ungarischen Großmutter. Die nach dem Krieg aus einem Lager in Sibirien bis in die Heimat gelaufen war und von da aus bis nach Deutschland. Mit über 90 wurde sie ins Pflegeheim gebracht und dort hatte sie ihre Erinnerungen verloren, bevor sie nach kurzer Zeit gestorben ist. Aber Claudia hatte vieles bewahrt. Unter anderem das Gulasch-Rezept. Und weil Oma-Todestag war, schrieb sie mir: „Ich will jetzt endlich mal wieder Gulasch! Hab schon alles eingekauft!" Das Original-Oma-Rezept unterschied sich von meinem eigentlich nur dadurch, dass drei Zwiebeln mehr rein mussten.

Beim nächsten Termin waren beide Kinder und die Oma zu Hause, weil Ferien waren.

„Dein Gulasch war sooo toll!", sagte die eine.

„Boah, der war so lecker!", sagte die andere.

„Ich hab ja nichts abgekriegt, weil ich zu spät gekommen bin!", sagte die Oma.

„Ähhh? Wohnen hier nicht die vegetarischen Kinder?", fragte ich.

„Nö, die sind ausgezogen!", sagte die große Tochter.

Wir blieben aber trotzdem bei der vegetarischen Küche. Gulasch schmeckt nämlich viel besser, wenn es ihn nur zu besonderen Anlässen gibt.

Ich hab Claudia von meinem Buch erzählt und sie gefragt, wie sie gerne heißen würde, wenn sie nicht Claudia wäre. Sie hätte sich für Andrea entschieden.

Frau Groß

Den Auftrag bei Frau Groß bekam ich genau zum Frühlingsanfang.
Sie wohnte in der Singer Straße und da wohnten ja auch dereinst Paul und Paula in der *Legende*. Das gefiel mir. Im Angebot stand, dass sie eine Seniorin war, am Telefon klang sie wie eine junge Frau.
Einen Vormittagstermin wollte sie nicht, sie bevorzugte die Mittagszeit. Das war kein Problem, das ließ sich gut einfügen.
Manchmal passen Nachnamen überhaupt nicht, ihrer passte hingegen perfekt! Sie war klein und sie war chic. Eine richtige Lady, die mit Ende 70 noch modisch gekleidet und frisch frisiert war.
Ich spürte im ersten Moment, dass wir beide wunderbar miteinander auskommen würden. Sie lud mich zum Tee ein, damit wir die Dinge in Ruhe besprechen konnten.
Sie hatte eine Hüft-OP hinter sich und der Heilungsprozess ging nur langsam voran. Deshalb brauchte sie Hilfe beim Einkaufen und in der Wohnung. Das war alles gar kein Problem. Wir machten den nächsten Termin aus, und wo ich nun schon mal da war, wollte ich mich auch gleich um die Wohnung kümmern.
Ich begann mit Staubsaugen. Sie hatte drei Zimmer. Eins für die Couch und den Fernseher, eins fürs Doppelbett und zum Schlafen, eins für den Esstisch und den Telefonsessel. Alles strahlend rein und sauber. Aber immerhin fand ich für den Staubsauger zwei Krümel und eine Fluse. Es war Phantomstaubsaugen, aber das machte nichts, denn sie machte das glücklich. Endlich war die Wohnung wieder sauber.
„Ich wollte eigentlich noch Staubwischen Frau Groß. Aber hier gibt's ja nirgendwo Staub!", sagte ich zu ihr.
„Ach na ja, wenn ich durch die Wohnung laufe, hab ich immer ein Tuch dabei", antwortete sie.
Beim zweiten Mal gingen wir einkaufen, in die Kaufhalle nebenan. Und danach tranken wir beim Bäcker einen Tee und aßen Kuchen.
Ihr Mann war vor fünf Jahren gestorben, seitdem lebte sie alleine. Musste aber trotzdem Steuern auf seine Rente zahlen. Ob er

dadurch irgendwelchen Extraluxus im Grab bekam, konnte ihr niemand beantworten.

Ich brachte sie und die Einkäufe nach Hause und putzte ihr Bad. Das war zwar genauso sauber wie der Rest der Wohnung, aber sie war begeistert.

Als wir uns das dritte Mal sahen, hatte ich unterwegs Kuchen gekauft, und wir blieben in der Küche sitzen. Sie hatte aber noch einen Wunsch, nämlich die zwei Balkonkästen aus dem Hausflur auf den Balkon bringen. Wenn das nicht zu anstrengend für mich wäre. Das machte ich gerne, zwischen Staubsaugen und Badezimmerspiegel polieren.

Ich liebte die Termine bei Frau Groß! Und ich erfuhr auch, warum sie Mittagstermine wollte. Weil sie nämlich Zeit brauchte, um sich tageslichttauglich zu machen.

Zu der Zeit bekam ich ein Jobangebot am Alexanderplatz. Frau mit Kleinkind. Viele Stunden, schöner Arbeitsweg. Und vor allem perfekt fürs Termin-Tetris-Spielen mit Frau Groß.

Die Alex-Frau war cool. Sie hatte die Hilfe beantragt, als ihr Kind drei Monate alt war und die ganze Zeit geschrien hatte. Inzwischen war das Kind neun Monate alt und schrie nur noch manchmal. Eigentlich brauchte sie die Hilfe gar nicht mehr, aber wenn sie nun mal genehmigt war ...

„Und wenn ich jetzt jemandem die Stunden wegnehme, der die Hilfe dringender braucht?", fragte sie mich.

„Du nimmst niemandem etwas weg. Denn der andere bekommt die Hilfe ja trotzdem nur, wenn sie bewilligt wird. Und ob ich den Job dann übernehmen würde, ist eine ganz andere Frage."

Wir waren uns schnell einig. Ich würde für sie Kochen und mich um den Haushalt kümmern.

Meistens war schönes Wetter, wenn ich zu ihr ging. Manchmal auch nicht.

Ich kochte Lasagne, Rote-Beete-Suppe, Königsberger Klopse oder Gulasch. Während ich kochte, redeten wir über das Leben, Kindererziehung und schlechte Angewohnheiten. Über Homöopathie, Alkoholismus und verrückte Familienmitglieder. Das Baby war meistens friedlich und lachte mich manchmal sogar an, wenn ich ihm Geschichten erzählte. Bei den ersten Besuchen hatte ich noch geputzt, aber das fiel dann aus, weil sie schon alles saubergemacht hatte. Das Einzige, was noch zu tun war, war den Müll runterbringen. Wenn das Essen fertig war, aßen wir zusammen. Ihr schmeckte es immer. Mir auch.

Als ich mich einmal beschwerte, dass mich die Müllabfuhr am Morgen schon kurz nach sechs geweckt hatte, erzählte sie mir, dass sie öfter mal mit Eiern auf die Müllmänner warf. Wenn die nämlich schon vor sechs auftauchten und sie weckten.

Frau Groß hatte ihren Bescheid für die Reha bekommen und beim letzten Termin brachte ich noch Sachen in die Reinigung, die sie unbedingt für die Kur brauchte.

Sie war sich nicht sicher, ob die Reha was bringen würde, aber wir hatten verabredet, dass sie eine Optimistin ist. Und außerdem waren die Wetteraussichten wunderbar.

„Wenn Sie wieder da sind und Hilfe brauchen, melden Sie sich bei mir. Ich würde gerne für Sie weiterarbeiten", sagte ich zum Abschied.

Sie versprach, sich zu melden.

Dank der vielen Termine am Alex war der Sommer gut finanziert, denn auch in diesem Jahr gab es kaum Aufträge in der Ferienzeit. Mal war sie nicht in der Stadt, mal war ich nicht da und Ende August verabschiedeten wir uns. Vorübergehend. Denn sie hatte noch fünf Termine offen, die sie zu einem späteren Zeitpunkt einlösen wollte. Von Frau Groß hatte ich nichts mehr gehört, manchmal dachte ich daran, sie anzurufen, aber ich wollte nicht aufdringlich sein.

Zum Herbstanfang klingelte mein Telefon. Es war Frau Groß. Sie hatte eine Pflegestufe bekommen und wollte mich wieder bei sich haben. Wir verabredeten uns.

Die Reha war halberfolgreich gelaufen. Sie hatte dort einen Rollator bekommen. Den sie eigentlich gar nicht wollte, weil der sie so

alt machte. Aber andererseits kam sie damit gut voran. Also jedenfalls viel besser als ohne. Die Schmerzen waren aber immer noch da. „Werden Sie bloß nicht alt. Das macht keinen Spaß!", sagte sie. Und ich musste an Erik denken.
Wir einigten uns auf einen Termin pro Woche. Ihr Wunschtermin war Freitagmittag, aber das war bei mir schwierig, also verständigten wir uns auf Donnerstag. Zwei Stunden, einkaufen gehen und was noch so anfiel. Also vielleicht mal putzen oder so was.

Am nächsten Donnerstag brachte ich ihr ein Glas Kartoffelsuppe mit, die Woche darauf ein Glas Rote-Beete-Suppe und die Woche darauf Blumenkohlsuppe. Na ja, und weil sie sich immer freute und jedes Mal sagte: „Hach! Sie und Ihre Überraschungen! Sie verwöhnen mich ja!", musste ich natürlich auch in der Woche darauf wieder etwas mitbringen, und daraus wurde dann eine Tradition. Mir machte das nichts aus, im Gegenteil. Ich kochte sowieso fast jeden Tag und Mittwoch war dann eben Suppentag. Schwierig war nur, sich ständig etwas Neues auszudenken, und so kam es zwangsläufig irgendwann zu Wiederholungen. Außer bei der Radieschensuppe. Die gabs nur einmal, weil ich die nicht so dolle fand.

Natürlich hatte ich schon ganz früh gemerkt, dass es auch bei Frau Groß nicht um die wirkliche tatkräftige Hilfe ging, einkaufen hätte sie auch alleine geschafft, sondern es ging ums Soziale. Sie freute sich auf mich (ich mich auch auf sie) und sie hatte immer viel zu erzählen, was sie sonst vielleicht niemandem hätte erzählen können. Was wir beide besonders gut konnten, war tratschen. So beschwerte sie sich öfters über ihre Freundin. Die war schon weit über 80 und ganz schön tüdelig, aber hatte jede Menge Geld. Und trotzdem einen Damenbart und Hexenhaare am Kinn. Als wenn sie sich die Kosmetikerin nicht leisten könnte! Sie hatte ihr das jetzt schon so oft gesagt! So kann man doch nicht durch die Gegend laufen! Oder die schöne Frau, die sie im Sommer in der U-Bahn gesehen hatte. So ein hübsches Gesicht. So ein adrettes Kostüm. Und dann solche furchtbaren langen schwarze Haare an den Beinen. Da hatte sie überlegt, ob sie hingehen sollte, und die Frau darauf ansprechen. Hatte sie dann aber doch nicht gemacht.

Normalerweise ging ich spätestens beim zweiten Termin zum *Du* über, aber bei Frau Groß ließ ich mir Zeit.

Sie erzählte viel aus ihrem Leben. Sie war ein Kriegskind und bei der Oma in Spandau aufgewachsen, weil ihre Mutter gestorben und ihr Vater an der Front war. Als der Vater aus der Gefangenschaft nach Hause kam, zog er mit ihr nach Köpenick zu seinen Eltern. Was Oma Spandau überhaupt nicht gutfand und für Jahre den Kontakt abbrach. In Köpenick hatten sie kaum was zu essen, aber es gab ein Huhn, das jeden Tag ein Ei legte. Das bekam sie immer, weil sie so klein und dünn war.

Nach der Lehre begann sie im *Kinderkaufhaus* auf der Karl-Marx-Allee. Sie verliebte sich, heiratete und bekam ein Kind. Natürlich war es nicht einfach, die Arbeit und den Haushalt unter einen Hut zu bekommen, aber irgendwie ging das alles. Ihr Kind wurde größer und ihre Arbeit machte ihr Spaß.

Und dann wurde sie abgeworben und fing an, in einer exquisiten Modeboutique in der Friedrichstraße zu arbeiten. Das muss eine schöne Zeit gewesen sein, ihre Chefin besorgte immer den neuesten Pariser Chic und das Publikum war erlesen.

Nach der Wende wechselte sie in ein Westberliner Luxuskaufhaus und dann in ein anderes und dort blieb sie bis zur Rente.

Ich fragte sie, was eigentlich ihre Lieblingsmarken waren, als sie noch gearbeitet hatte. *Jil Sander* und *Ralph Lauren*, meinte sie. Da stimmten Qualität und Preis noch gut überein. Und *Bogner*. Das war auch was Feines.

Manchmal ging es ihr nicht gut, und ich musste alleine einkaufen gehen, aber meist kam sie mit. In der Kaufhalle war immer ordentliches Gewusel und die Gänge waren oft mit anderen Senioren verstopft, die sich gegenseitig mit ihren Rollatoren den Weg versperrten. Ich umfuhr das Ganze dann weiträumig mit dem Einkaufswagen, während Frau Klein sich ins Getümmel stürzte. An der Fleischtheke kauften wir jedes Mal Bouletten, Kassler oder Schnitzel, was wir dann bei ihr zu Hause aßen. Dazu gab es *Earl Grey*. Den mochte ich zwar eigentlich nicht, aber irgendwie hatte ich verpasst, ihr das zu sagen, und so wurde dieser Tee eben Teil des Rituals.

Beim Essen und Trinken erzählten wir uns Geschichten und ich war immer wieder erstaunt, was für eine gute Zuhörerin sie war. Sie merkte sich allerlei Dinge, die sie dann beim nächsten Mal hinterfragte. Und ihr fiel immer auf, wenn ich etwas Neues anhatte.

Als es draußen kalt wurde und das Jahr sich dem Ende zuneigte, sagte ich zu ihr: „Also eigentlich können wir uns ja langsam mal duzen, schließlich kennen wir uns ja nun lange genug!"
Das fand sie auch, und seitdem waren wir also per Du.
Sie hieß Kerstin.
Und ich Mikis.
Leider hatte sie sich aber meinen Vornamen falsch gemerkt und so wurde ich bei ihr zu jemand anderem. Was mir nichts ausmachte, für zwei Stunden in der Woche konnte ich auch gerne mal einen fremden Vornamen tragen.

Als wir die Kiste mit Weihnachtsdeko aus dem Keller holten, sagte sie zu mir: „Ach Ricky, manchmal braucht man einfach einen Mann im Haus!"

Heilig Abend wollte sie bei ihrer Tochter sein und freute sich besonders darauf, das Enkelkind zu sehen.

Silvester hatte sie zwei Plätze im Restaurant reserviert. Da würde sie mit ihrer Freundin hingehen. Die es endlich geschafft hatte, zur Kosmetik zu gehen, und keinen Bart mehr hatte. Ob sie dann um Mitternacht zusammen mit einem Sektchen anstoßen würden, wusste sie noch nicht.

Unser Start ins neue Jahr war etwas holprig, denn als ich pünktlich 12:30 bei ihr vor der Haustür stand und klingelte, rief es aus der Gegensprechanlage:

„Ricky? Ich hab dir doch aufs Band gesprochen! Ich geh doch heute in den Friedrichstadtpalast!"

„Oh, die Nachricht hat mich nicht erreicht!"

„Ja, ich kann dich jetzt nicht hochlassen!"

„Macht nichts. Dir ganz viel Spaß dann heute und ich ruf dich an!"

„Ja, danke!"

Normalerweise war ich über solch kurzfristige Absagen nicht besonders glücklich, aber ich hatte gute Laune, und da machte

mir das nichts aus. Als ich sie dann am nächsten Tag am Telefon fragte, ob sie mich denn brauchen würde, sagte sie: „Ja, unbedingt. Ich schaff es nicht raus und ich hab keinen Krümel Kaffee mehr im Haus."
Also fuhr ich ausnahmsweise mal an einem Samstag zu ihr und ging für sie einkaufen. Denn ohne Kaffee, das war ja kein Leben.
Wo ich einmal da war, holte ich auch gleich die Weihnachtskiste wieder aus dem Keller hoch, denn sie war sich nicht sicher, ob sie vielleicht ins Krankenhaus musste, und dann wäre ihr wohler, wenn die Weihnachtssachen nicht mehr überall rumstehen würden.
„Bei mir muss es spuken! Erst geht der Staubsauger kaputt. Dann die Waschmaschine und jetzt fängt der Herd an zu spinnen!", erzählte sie mir.
„Manchmal ist es schon komisch!"
In den nächsten Wochen ging es ihr immer schlechter, trotz Tabletten hatte sie ständig Schmerzen. Ich war ja kein Arzt und konnte ihr nicht helfen, aber ich versuchte immer, ihr Mut zu machen. So von wegen, das liegt an dem fürchterlichen Wetter da draußen. Und ich hab ja extra eine Kohlrabi-Suppe mitgebracht, die hilft bestimmt.
Half aber alles nicht. Inzwischen konnte sie gar nicht mehr richtig laufen, sondern ging gebeugt und hangelte sich wie ein Äffchen von Möbelstück zu Möbelstück.
Sie hatte dann endlich einen CT-Termin, und dabei wurde festgestellt, dass zwei Wirbel angebrochen waren. Ihr Doktor organisierte umgehend, dass sie ins Krankenhaus kam. Ich half, ihre Tasche packen, kaufte Butterkekse, Pumpernickel und grobe Mettwurst ein, damit sie erstmal was zu essen hatte, wenn sie im Krankenhaus lag. Man wusste ja nie. Und ich wünschte ihr viel Glück! Ihre Tochter wollte sie ins Krankenhaus bringen.
Zwei Tage später schrieb sie: „Hallo Ricky! Bin wieder zu Hause."
Im Krankenhaus hatte sie sieben Stunden Komplettprogramm gehabt. Dann hatte man ihr einen OP-Termin gegeben, der in vier Wochen stattfinden sollte, und sie wieder nach Hause geschickt.

Aber Glück im Unglück, befand sie. Weil, so konnte sie wenigstens vorher noch mal zum Friseur gehen und musste nicht mit Zottelhaaren im Krankenhaus liegen.

„Ricky, ich hab so Angst davor. Was, wenn ich nach der OP nicht mehr aufwache?"

Darauf wusste ich keine Antwort. Also zumindest keine vernünftige.

Je näher der OP-Termin rückte, desto mehr Sorgen machte sie sich. Sie hatte eine Sendung im Fernsehen gesehen und da hatten sie erzählt, dass manche Patienten nach der OP nicht mehr laufen konnten. Dann hatte der Chefarzt, der sie eigentlich operieren sollte, auch noch einen Herzinfarkt gehabt. Nun wusste sie nicht, ob ein Praktikant an ihr rumdoktorn würde.

„Ach Ricky, ich fühl mich, als wenn ich aufs Schafott müsste."

„Nee, Frau Groß! Wir sind doch Optimisten! Danach geht es dir besser!"

Bei unserem letzten Termin vor dem Krankenhaus war sie sehr gesprächig und erzählte mir von ihrem Mann, der Bauchspeicheldrüsenkrebs gehabt hatte. Und wie er immer weniger wurde und sie weinen musste, wenn sie ihm unter die Dusche half. So ein großer kräftiger Kerl war der mal gewesen und dann nur noch ein Strich in der Landschaft. Und wie er nach dem Mittag immer auf den Balkon gegangen war, um eine zu paffen. Wenn er sich danach hinlegte, stopfte sie seine Jacke gleich in die Waschmaschine, weil die so stank. Mit dem Rauchen hatte er auch im Hospiz nicht aufgehört. Muss ihm wohl zu gut geschmeckt haben.

Ich gab ihr zwei Bücher fürs Krankenhaus. Einen Krimi und „Marzahn mon Amour" von Katja Oskamp. Dann konnte sie sich aussuchen, worauf sie Leselust hatte. Das mit der Fußpflegerin in Marzahn fand sie spannend, besonders weil sie am Vortag auch bei der Fußpflege gewesen war.

In der Vorwoche hatte ihr Wecker den Geist aufgegeben, und nun war auch der Föhn noch kaputt gegangen. Da hatte sie aber schnell Ersatz geholt. Weil ohne Föhn ging ja gar nicht. Besonders weil sie so dickes Haar hatte. Das war inzwischen wieder frisch frisiert und

mit einem dunklen Rot-Ton koloriert. Tatsächlich würden viele jüngere Frauen für diese vollen Haare morden, dachte ich mir.
Warum sich allerdings die ganzen Haushaltsgeräte verabschiedeten, war mir unerklärlich.

Ich fing allmählich an, mir Sorgen zu machen, da ich nichts von ihr gehört hatte, als sie sich nach drei Wochen meldete. OP halbwegs gut verlaufen, danach lange auf der Intensiv und dann Verlegung in die geriatrische Reha, da sie sich noch nicht richtig bewegen konnte. War nicht schön da, das Essen auch nicht, aber unten im Bistro hatte sie am Vortag einen älteren Herren gesehen, der eine Wiener gegessen hatte. Da war ihr das Wasser im Mund zusammengelaufen. Das war ihr heutiges Tagesziel: Nachmittags ins Bistro! Ich konnte ihre Vorfreude hören. So eine Wiener konnte magisch sein!
Nach sechs Wochen hatte sie sich selbst entlassen.
Es ging ihr nicht gut. Sie war ja vorher schon nicht üppig gewesen, jetzt war sie mehr als dünnhäutig. Eigentlich war sie schon wieder gut zu Fuß und schmerzfrei gewesen, aber dann hatte der Physiotherapeut neue Übungen mit ihr ausprobiert und seitdem ging es ihr noch schlechter als vor der OP.
Sie gab mir den Einkaufszettel und Geld und musste sich wieder auf die Couch legen.
Die *Edeka*-Kaufhalle war während ihrer Abwesenheit geschlossen gewesen und präsentierte sich nun in einem neuen, rundumerneuerten Look. Was die ganzen alten Einkaufsgäste ordentlich verwirrte, weil sie nichts mehr fanden, wo es vorher gewesen war. Das machte das Gewusel noch 'ne Nummer schlimmer. Während ich nach Haferflocken suchte - die waren gut versteckt – fiel mir ein, dass sie ja Geburtstag gehabt hatte. Und nicht irgendeinen, sondern ihren 80sten!
Auf dem Rückweg kaufte ich bei der vietnamesischen Blumenfrau einen Topf mit rot-weißen Ranunkeln. Der sah echt schön aus und passte perfekt auf ihr Fensterbrett. Sie freute sich.
Wir tranken Tee und sie erzählte ihre Krankenhausgeschichte.

Zuerst war sie mit einer Omi im Zimmer, mit der sie sich gut verstanden hatte. Mit der hatte sie zusammen Fernsehen geschaut, und sie hatten viel gequatscht. Dann wurde sie ja verlegt und ihre neue Zimmernachbarin war auch eine Oma, aber, eine die nicht so auf sich geachtet hatte. Die war matroschkarund und hatte sich beim Frühstück immer übergeben. Da war dann nicht mehr viel mit Appetit. Aber danach wurde es auch nicht besser, denn dann kam eine demente Omi, die gewickelt werden musste - bevorzugt, während Kerstin versuchte, etwas zu essen - und die nachts immer schrie. Und schrie. Und schrie!

Und manchmal kam noch der gewalttätige Ehemann, der seine Ehefrau nach Hause holen wollte, und dann von den Pflegern vor die Tür gesetzt werden musste.

Es klang wie Reha im 7. Höllenkreis!

Das hatte sie dann nicht mehr ausgehalten und war geflüchtet. Na ja, und dann war sie jetzt eben zu Hause.

Sie fing an zu weinen. „Ach Ricky, ich hab keine Lust mehr. Ich glaub nicht, dass es noch mal besser wird. Und ich ertrage die Schmerzen nicht mehr."

Ich brauchte eine Weile, bis ich darauf eine Antwort hatte. Ich war noch viel zu sehr damit beschäftigt, ihre Geschichten zu verarbeiten. Dann sagte ich (und kam mir dabei verlogen vor):

„Kerstin! Wir haben doch verabredet, dass wir Optimisten bleiben! Jetzt wird es warm draußen, jetzt kommt der Frühling. In sechs Wochen fährst du zur richtigen Reha! Nach Bad Freienwalde! Da ist es schön."

„Na ich weiß nicht, ob ich das noch schaffe. Aber auf jeden Fall muss ich b*Aldi*gst zum Friseur!"

Was man von Kühlschränken lernen kann

Wäre ich eine veritable Naschkatze, dann würde dieses Kapitel wohl ganz anders ausfallen, schließlich hatte ich Zugang zu jeder Menge fremder Kühlschränke und hätte mich - natürlich in diskreter Form

- wie die Raupe Nimmersatt durch die gekühlten Vorräte fressen können. Hab ich aber nie.

Natürlich hab ich mit einigen Klienten gegessen, aber ich kann mich nicht erinnern, dass mich irgendwelche Heißhungerattacken heimgesucht hätten.

Es gab sortierte und unsortierte Kühlschränke. Leere, volle und überfüllte. Am übersichtlichsten war es eigentlich immer bei den Veganern, denn da war ja nur Gemüse und pflanzlicher Brotaufstrich drin.

Nach einer Weile erkannte ich auch, wer auf Vorrat und wer nach Angebot einkaufte.

Am sympathischsten waren mir die wuseligen Geräte. Also jene, in denen alles zusammenkam. Nämlich der Wille, ein System innerhalb der verschiedenen Fächer durchzusetzen, Dinge zu holen, die man auch vor dem Verfallsdatum verbrauchen würde und trotzdem hungrig bei *Kaufland* einkaufen zu gehen. Denn in diesem fröhlichen Chaos fand ich mich immer sofort wieder.

Was ich in der ganzen Zeit nie gemacht habe:
-heimlich Wiener Würstchen gegessen
-Zungenwurst stibitzt
-Schokoschaumküsse mit ihrem Ostnamen bezeichnet und danach verschlungen
-Rollmöpse aus dem Glas geangelt
-Miniwindbeutel in den Mund gestopft

Allerdings gab es eine Klientin, die ihren Käse auf dem Wochenmarkt kaufte. Und zwar in großen Stücken. Da konnte ich dann doch nicht widerstehen und lud mich öfters selbst zu einer Verkostung ein.

Was man eigentlich nicht glauben mag: Viel spannender als von innen sind Kühlschränke von außen! Bei alten Menschen eher nicht, denn da wird Ordnung gehalten. Außer wenn die Enkelkinder viel auf Reisen sind und Kühlschrankmagneten aus der großen weiten Welt mitbringen. Dann finden die dort ihren Platz.

Bei den unter 57-jährigen ist die Kühlschranktür dann allerdings so was wie eine moderne Litfaßsäule. Dafür ist sogar ein eigener Industriezweig entstanden. Es gibt alles, was heften kann! Logos von Fußballclubs, Tierbilder und natürlich Magnetbuchstaben, mit denen Kinder (und auch Erwachsene) Wortkombis kreieren können. Da hab ich auch immer gerne mitgemacht und die Buchstaben heimlich neu sortiert.

An Kühlschranktüren findet sich nebenbei noch vieles mehr. Konzert-Tickets, Quittungen, Geburtstagseinladungen und Postkarten. Arzttermine, Polaroids. Stundenpläne und Einkaufszettel.

Gefährlich wird es aber dann, wenn dieser Ort zum Marktplatz der internen Kommunikation wird. Das musste ich erst lernen!

Ich hatte mal einen Wochenbett-Auftrag am Ende der Rigaer Straße. Neumodisch würde man wohl sagen: „In meiner alten Hood". Dort war in den frühen 90ern mein Lieblings-Besetzer-Lokal gewesen, und so fühlte es sich irgendwie wie Nachhausekommen an. Das Elternpaar kam aus dem deutschsprachigen Teil von Belgien. Beide waren wunderschön, wie aus einem Model-Katalog. Wir klärten die Modalitäten, meine Aufgaben und verabredeten den nächsten Termin. Dann verschwand sie zum Stillen und Mittagsschlafen und er im Homeoffice. Ich putzte und wischte durch Bad und Flur und landete dann in der Küche, die ausgesprochen gemütlich wirkte.

Der Kühlschrank war mit jeder Menge Post-it-Zetteln dekoriert. Geschrieben mit einer feingliedrigen Frauenhandschrift.

„Wir kommunizieren gewaltfrei."

„Wir achten einander und respektieren den anderen."

„Wir sind ein Team. In allen Lebenslagen."

„Wir nehmen uns Zeit für den anderen und seine Gefühle."

„Liebe ist auch Arbeit."

„Wir befriedigen die eigenen und die Bedürfnisse des Anderen."

„Wir sind achtsam und emphatisch."

…

Mein erster Gedanke war: „Ach du Scheiße! Die hat ja einen Vollknall!"

Der zweite: „Wenn man sich solche Botschaften anklebt, muss es ziemlich arg um die Beziehung stehen."
Der dritte: „Das wird wohl nicht lange gutgehen, mit denen und mir!"
Tat es auch nicht.
Am nächsten Tag bekam ich einen Anruf von der Orga. Die Klienten hätten sich beschwert, dass ich so feucht gewischt hätte, dass der ganze Fußboden aufgequollen war. Ich konnte mich ziemlich genau daran erinnern, genauso gewischt zu haben wie bei allen anderen auch und nicht etwa auf Seemannsart. Das sagte ich meiner Vermittlerin. Jedenfalls wollten die jetzt eine andere Haushaltshilfe haben. Bekamen sie aber nicht, denn mit solchen Leuten hatte meine Vermittlerin keine Lust zu arbeiten. Die würden dann nämlich bei jemand anderem wieder was zu nörgeln haben. Und außerdem galt das Vertrauen erst einmal den Mitarbeitern! Das fand ich gut.

Jahre später übernahm ich die Haushaltshilfe bei einer Dame in Mitte, die man getrost eine nordisch-herbe Schönheit nennen konnte. Blond, schlank, gerade und offensichtlich auch mondän. Ihre Wohnung war groß und hell, und wie sich bald herausstellte, war sie etwas überambitioniert in ihren Erwartungen und Ansprüchen.
So wünschte sie zum Beispiel, dass ich die Küchenschränke putzte. Als ich damit fertig war, erklärte sie mir, dass sie ja eigentlich ein spezielles Reinigungsmittel dafür hätte, und wenn ich das beim nächsten Mal verwenden würde, wäre das Ergebnis sicher viel glänzender.
Insgesamt war sie zwar nicht wirklich unzufrieden mit meiner Arbeit, hatte aber doch den einen oder anderen Kritikpunkt. Sie war sich sicher, dass wir meine Putzleistungen gemeinsam optimieren könnten.
Ich kannte diese Art zu sprechen, das erinnerte mich an diverse unschöne Momente meines Lebens. Und deshalb taufte ich sie spontan auf den Namen „Westdeutschnett". Und wollte da nie wieder hingehen.

Machte ich aber. Vielleicht weil ich es spannend fand. Vielleicht, weil ich dachte, dass ich ihr Paroli bieten konnte. Einfach mit „ostdeutschnett" sein.

Aber natürlich funktionierte das nicht, weil die Rollen ja klar verteilt waren. Sie war in ihrer Wahrnehmung die Chefin im Ring und ich nur der Tanzbär. Also der Putzi-Tanzbär.

Und dann muss ihr Therapeut wohl etwas Neues angestoßen haben, jedenfalls tauchten auch bei ihr plötzlich Klebezettel am Kühlschrank auf.

„Ich bin eine liebenswerte Person!"
(Nein!)
„Sei stolz auf all das, was du leistest!"
(Dann wähl doch FDP!)
„Ich bin schön!"
(Okay, aber nur von außen!)
„Umarme dich selbst"
(Mach doch!)
„Ich bin wertvoll!"
(Äääh? Echt?)

Die Anmerkungen in den Klammern hätte ich gerne unter ihre Zettel geschrieben, hab ich aber nicht gemacht. Weil das den Therapieerfolg garantiert nicht positiv beeinflusst hätte.

Als sie anfing, mir Fotos mit Audiodeskriptionen zu schicken, von den besonders putzenswerten Stellen im Sanitärbereich, machte ich das, was viele Säugetiere tun. Ich schaltete mein Handy auf Winterschlafmodus.

Und ich klebte mir eine eigene Zettelbotschaft an den Kühlschrank. Die war relativ schlicht.

„Wenn du Durst hast, musst du trinken. Prost Mikis! (Selbstumarmen nich vajessen!)"

Im Land des Vergessens

1

Karin war eine meiner ersten Klientinnen.

Ich bekam das Jobangebot in meinem zweiten Monat als Alltagshelfer und ich nahm es natürlich sofort an, da sie nur zehn Minuten Fußweg von mir entfernt wohnte. Bei unserem ersten Treffen war auch ihr Mann Bertram dabei, der hatte sich um eine Betreuung gekümmert. Karin hatte beginnende Demenz und schaffte ihren Haushalt nicht mehr alleine. Sie und Bertram hatten sich vor 20 Jahren getrennt, waren aber noch freundschaftlich verbunden. Mit Haushalt kannte ich mich aus, das sollte also nicht das Problem sein. Mit Demenz hatte ich keine Erfahrung, aber es gibt ja nichts, was sich nicht lernen lässt. Bertram meinte, dass es manchmal auch etwas schwierig sei, da sie zu Stimmungsschwankungen neigen und in Tränen ausbrechen würde. Als ich fragte, wie ich mich dann verhalten sollte, ob in den Arm nehmen dann das Mittel der Wahl sei, antwortete er: „Nein, in den Arm nehmen und solche Dinge sind bei ihr eher nicht notwendig. Gutes zureden hilft in den meisten Fällen."

Das würde ich hinkriegen.

Der erste Termin war ein Dienstagmorgen, die Sonne schien, und ich putzte ihre Fenster. Ihr war das sichtlich peinlich, weil eigentlich wollte sie das ja alleine können. Konnte sie aber nicht, da sie an den Handgelenken Neurodermitis hatte. Mir machte das nichts aus, ich brauchte 45 Minuten für alle Fenster in der Wohnung. Danach holte ich mit dem Besen Staubflusen unter Couch und Bett hervor und saugte Staub. Also nix Aufregendes. Danach quatschten wir über das Leben.

Beim zweiten Termin machten wir einen Ausflug ins Ringcenter an der Frankfurter Allee. Weil sie einkaufen musste und gerne zu

Real ging. Von ihrer Demenz hatte ich bisher eigentlich gar nichts gemerkt, dafür von einer tiefen Traurigkeit, die in ihr steckte. Unter der S-Bahnbrücke kaufte sie einer Vietnamesin einen Strauß Maiglöckchen ab und erzählte mir dann, wie gerne sie ihren Balkon auf Vordermann bringen würde, damit da auch Blumen wuchsen.

„Na, das soll ja mal nicht das Problem sein. Das können wir gerne machen!"

„Ehrlich? Das wäre so schön!"

Und da wusste ich, dass Blumen eben nicht nur der Schlüssel zum Herzen sind, sondern auch, dass ich meine neue Lieblingsklientin gefunden hatte.

Um ihre Balkonkästen in Blühlaune zu bringen, brauchte es nicht viel Aufwand, zumal sich da auch allerlei Grünzeug aus dem Vorjahr zeigte. Es wuchs, es blühte und sie war glücklich. Und es wurde zu einer schönen Tradition, dass ich ihr zu jedem Monatsanfang eine neue Pflanze mitbrachte. Das funktionierte dann sogar im Winter mit einer Christrose.

Den Job als Haushaltshilfe hängte ich dann schon nach nicht mal einem Monat an den Nagel. Weil sie das nämlich alleine schaffte und ich längst gemerkt hatte, dass sie eigentlich etwas ganz anderes brauchte. Nämlich Aufmerksamkeit.

Union war gut in die neue Saison gestartet und Karin wollte unbedingt mal mit zu einem Spiel. Was aber nicht ging, denn es gab keine Karten, da das Stadion immer ausverkauft war. Ich war schon froh, wenn ich eine Karte für mich bekam. Das verstand sie aber nicht und fing an zu weinen. Früher war ihr Vater immer ins Stadion gegangen zu den Kickers Offenbach. Und der hatte sie auch nie mitgenommen, weil Mädchen und Frauen beim Fußball nichts verloren hatten.

Ich versprach ihr, dass ich sie mitnehmen würde, wenn mal eine Karte über wäre.

Da ich zu der Zeit noch hauptberuflich Kulturjournalist war, bekam ich jede Menge Einladungen zu kostenlosen Pressevorführungen. Weil die meistens vormittags stattfanden, passte das wunderbar in meine Arbeitszeit bei ihr und so nahm ich Karin dann mit. Zwar war es manchmal etwas tricky, sie als Journalistin auszugeben, zumal sie sich nie merken konnte, für welches Magazin sie gerade arbeitete, aber eigentlich interessierte es auch keinen. So sahen wir jede Menge Filme. Gute und schlechte. Welche, die sie gut fand und welche, die sie blöd fand. Welche mit Gewalt und welche ohne. Am besten in Erinnerung geblieben ist mir der französische Film „Ausgeflogen" mit Sandrine Kimberlain. Der war so herzerwärmend, dass ich die Hälfte der Zeit heulte. Solange es dunkel war im Kino, machte das ja nichts, aber hinterher wollte ich dann wieder schnell funktionieren. Funktionierte aber nur halbgut. Sie fand den Film lustig, aber emotional nicht besonders bewegend.

Ihr Lieblingsfilm war das Elton-John-Biopic „Rocketman". Da flippte sie regelrecht aus vor Freude über die schrägen 70er-Jahre-Klamotten. Die Lieder konnte sie auch alle mitsingen, was sie auch machte. Das gehört sich zwar eigentlich nicht auf Pressevorführungen, aber sie war auch nicht die einzige, die da im Saal trällerte.

Schwierig wurde es immer, wenn sie während des Films aufs Klo musste, denn natürlich fand sie im Dunkeln nicht mehr zurück zu unseren Plätzen. Aber auch das meisterten wir.

(Wie bei so vielen Dingen setzte Corona unseren Kulturausflügen dann ein jähes Ende, denn anfänglich gab es gar keine Pressevorführungen mehr und dann nur noch welche mit strengen Sicherheitsauflagen, die unmöglich zu umgehen waren.)

Und wir machten jede Menge Bürokratie. Wir beantragten Rente, wir beantragten eine Pflegestufe und wir hatten vor allem jede Menge Spaß mit dem Arbeitsamt. Denn ihr Krankengeld lief aus und deshalb mussten wir beim Amt Übergangsarbeitslosengeld beantragen. Und immer fehlte irgendwas und musste nachgereicht werden. Als die zuständige Bearbeiterin Karin bei einem der Termine „Gute Besserung" wünschte, wusste ich für einen Moment nicht, wer da eigentlich krank im Kopf war.

Karin blieb aber cool. Sie sagte: „Da wird wohl gar nichts besser!"

Irgendwann kam dann ein Brief vom Arbeitsamt, dass die Zahlungen eingestellt werden, weil sie ihrer Mitwirkungspflicht nicht entsprochen und keine Bewerbungsbemühungen unternommen hätte. Auf meine Frage, wo sich denn eine demenzkranke Frau bitte bewerben solle, vielleicht bei der Agentur für Arbeit, warte ich bis heute auf eine Antwort. Dafür kam drei Tage später der Rentenbescheid und wir hatten endlich wieder Zeit für normale Dinge.

Manchmal wurde sie frivol und meinte, wir könnten ja auch mal neue Unterwäsche für sie einkaufen gehen. Dann erklärte ich ihr, dass es Grenzen gibt. Denn Unterwäschekauf wäre eindeutig ein Freundinnen-Ding und dementsprechend wäre ich der falsche Ansprechpartner. Sie hatte einige, zumeist jüngere Freundinnen, mit denen sie Kaffeetrinken oder Essen ging. Da würde sich bestimmt eine finden lassen, mit der sie im Dessousgeschäft Spaß haben konnte.

Dass sie Bäume mochte, hatte ich relativ schnell gemerkt, denn der Baum, der vor ihrem Balkon wuchs, war ihr immer ein paar Sätze wert. Als wir das erste Mal nach Hirschgarten fuhren, um dort zu wandern, lernte ich dann aber, wie sehr sie Bäume mochte. Sie umarmte die nämlich und sprach mit ihnen. Ich fand das schön.

Hirschgarten wurde zu unserem Lieblingsausflugsziel. Erst durch den Wald, dann an der Erpe entlang und schließlich wieder durch den Wald bis nach Friedrichshagen zum *Dresdner Feinbäcker*, wo es wunderbare Eierschecke gab. Bei diesen Ausflügen wurde sie immer ganz entspannt.

Da Karin gerne Bücher las, schenkte ich ihr nach ein paar Wochen „Hört Franka eigentlich noch Black Metal?" und lud sie zur Premiere von meinem neuen Buch „Guten Morgen du schöner Mehrzweckkomplex" ein. Das fand sie toll und sie erzählte mir noch Tage später interessante Beobachtungen, die sie bei der Lesung gemacht hatte. Und sie gab Anmerkungen zu meinen Texten. Denn da hatte ihr nicht alles gefallen.

Und wie war das jetzt eigentlich mit der Demenz? Sie vergaß manchmal Sachen oder fragte mich irgendwas, was sie eigentlich wissen müsste, aber in unseren ersten Monaten fiel das nicht weiter auf. Dass wirklich etwas nicht stimmte, merkte ich erst zu Weihnachten. Wir hatten einen Tannenstrauß gekauft - einen Baum wollte sie nicht - und den hatte sie hübsch dekoriert. Als ich am 22.

Dezember zu ihr kam, war der allerdings schon verschwunden. Sie hatte ihn entsorgt, weil sie dachte, Weihnachten wäre schon vorbei.

2

Und dann begann unser zweites Jahr.

Ich hatte ihr erzählt, dass ich viele Jahre einen geflochtenen Kinnbart getragen hatte, den ich irgendwann abrasiert hatte. Vor allem, weil ich immer von der Laune meiner jeweiligen Freundin abhängig war, wenn der Bart neu geflochten werden musste. Und sie erzählte mir, dass sie so gerne flechtet, aber das schon seit Jahren nicht mehr gemacht hat, weil sie einfach nicht weiß, was.

‚Das ist ja eine Win-Win-Situation!', dachte ich und hörte auf, mich am Kinn zu rasieren.

Der Winter zog sich endlos dahin, sie weigerte sich, zum Probetraining ins Fitnesscenter zu gehen, obwohl das ihre eigene Idee gewesen war, und mit dem doofen Rentnerclub sollte ich ihr auch nicht kommen, sie hatte keine Lust auf alte Leute. Dafür liefen wir durch Friedrichshain, Lichtenberg und Weißensee, und wenn es regnete, wurden wir nass.

Und wir mussten zu Ärzten gehen. Zur Mammographie und zur Nachkontrolle-Mammographie, zum Hausarzt und zum Psychiater. Ich weiß nicht, wo es am schlimmsten war, schön war nichts davon. Der Hausarzt spielte die komplette Klaviatur der Vorsorgeuntersuchungen durch und die Krebsstation von einem Krankenhaus ist sowieso keine Wohlfühloase. Zur Darmspiegelung sollte sie auch, aber darauf hatten wir beide keine Lust. Eine Gilde blieb uns allerdings immer erspart. Nämlich der Dentist. Da ignorierte sie jeden Termin, erfand immer neue Ausreden, und als ihr Zahnarzt dann schließlich das Zeitliche segnete, war das Thema für immer vom Tisch. Und mal abgesehen vom Bonusheft, in dem keine Stempel sind, braucht sie wohl auch keinen Zahnarzt. Die Glückliche!

Bei einem der Besuche beim Psychiater sagte ich: „Die junge Dame hier erzählt mir öfters, dass sie gerne mal wieder ein Bier trinken würde, es aber nicht darf, wegen der Medikamente."
Der Arzt schaute sie verwundert an und meinte: „Hä? Wieso denn nicht? Ach Sie meinen, wegen dem Beipackzettel. Herrje, Frau Schmidt, da wären Sie ja die Einzige auf der Welt, die sich daran hält! Natürlich dürfen Sie Bier trinken, wenn Sie das wollen! Muss ja nicht gleich ein Kasten pro Tag sein."
Und weil ich diese Information so gut fand, lud ich sie wenig später in den Biergarten ein. Das gefiel ihr. Aber sie war auch skeptisch. Um es langsam anzugehen, holte ich für sie nur ein Kleines. Das wollte sie aber nicht trinken, weil sie ja keinen Alkohol trinken durfte. Doch dürfe sie, erklärte ich ihr. Das wiederholten wir dann noch zehn Mal und als ihr Glas endlich alle war und ich mit den Nerven am Ende, holte ich ihr ein alkoholfreies Bier. Das schmeckte ihr nicht, weil das richtige Bier viel besser gewesen war. Und sie erklärte mir, dass sie ja eigentlich sowieso viel mehr Lust auf einen Weißwein oder ein schönes Glas Whisky hätte. Aber ach, das ging ja nicht mehr, wegen ihrer Medikamente.
Auf dem Rückweg schwärmte sie von dem schönen Abend. Nachdem ich sie nach Hause gebracht hatte, holte ich mir im Späti ein Bier, setzte mich auf eine Parkbank und genoss die Stille.

Union hatte die Sensation geschafft und war in die Erste Bundesliga aufgestiegen, das freute auch Karin sehr. Mit Karten für ein Spiel sah es jetzt allerdings auch noch viel schlechter aus. Und inzwischen konnte ich mir das auch nicht mal mehr ansatzweise vorstellen, sie mitzunehmen. Das wäre definitiv kein Vergnügen. Weder für sie, noch für mich.
Ende Mai war mein Bart lang genug, um geflochten zu werden. Ich war so froh, denn ungeflochten sah das echt nicht schön, sondern nachgerade albern aus. Und sie war froh, denn endlich konnte sie wieder flechten. War zwar nicht viel zu flechten, aber es war ein Anfang. Und da so ein Bart ja immer weiter wächst, hatte sie auch bald mehr zu tun. Und ihr machte das richtigen Spaß.

Ganz oft sagt sie (bis heute): „Das ist meine Lieblingsbeschäftigung! Und wie schön der Bart in den Farben changiert. Von weiß, über grau bis dunkel."

In diesem zweiten Jahr war ich öfter mal verliebt. Das fand Karin spannend! Für sich selber hatte sie das Thema abgehakt. Sie wollte keine Lovestory mehr. Einmal hatte ich mit einer Freundin Geburtstag gefeiert, und da wir nicht nur Bier, sondern auch noch den Wirtschaftswunderschnaps *Escorial* getrunken hatten, landeten wir zu unserer eigenen Überraschung zusammen im Bett. Als ich am nächsten Morgen noch ziemlich liebestrunken bei Karin ankam, merkte die sofort, dass ich auf einer Wolke schwebte, und war neugierig.

Das Schöne war, ich konnte ihr eigentlich immer (fast) alles über meine Herz- und Schmerzgeschichten erzählen, und sie gab mir dann Tipps. Die waren zwar nicht immer zeitgemäß, aber das machte nichts. Drüber reden hilft bekanntlich und sie war beschäftigt. Bis zum nächsten Mal hatte sie dann meist alles vergessen. Und ich konnte ihr wieder was neues erzählen. Und wenn mal wieder irgendwas unglücklich vorüber war, regte sie sich immer auf. Über diese dämlichen Kühe. Sie wünschte sich nämlich ganz doll, dass ich die richtige Frau kennenlernte.

Zu dieser Zeit sagte ich auch nicht mehr: „Ich gehe zu Karin", sondern: „Ich gehe ins Land des Vergessens." Das klang schön poetisch und spiegelte ja auch langsam die Realität wieder.

Mir war aufgefallen, dass sie dabei war, ihre Freundinnen zu vergessen. Die Namen der Damen fielen immer seltener und wenn, dann war sie eigentlich eher abgenervt, dass da schon wieder eine was von ihr wollte. Ich sagte ihr, wie wichtig die wären und wie wichtig es für sie wäre, Kontakt zu Freundinnen zu haben. Weil sie das als Frau brauchte (und ich das ja in meinem Job auch gelernt hatte).

Aber die eine war zu laut, die andere konnte immer nur spät am Abend … Ausreden fand sie immer. Ich verstand erst später, dass es eigentlich ein ganz anderes Problem gab, welches sie auch nicht benennen konnte. Sie schämte sich, denn sie war noch reflektiert genug, um mitzukriegen, wie sie sich selbst langsam verlor und eine immer schlechtere Gesprächspartnerin wurde.

Aber sie versprach mir trotzdem, die Kontakte nicht abreißen zu lassen. Durfte sie ja auch nicht, weil wer sollte sonst mit ihr neue Büstenhalter kaufen gehen?

Manchmal gingen wir auf die Trabrennbahn in Karlshorst. Dort gefiel es ihr gut, weil sie Pferde mochte. Wetten fand sie aber noch viel besser. Während ich ihr erklärte, wie man tippt und was sie ankreuzen musste, kicherte sie fröhlich vor sich hin und sagte mit verschwörerischer Stimme:

„Wenn das meine Mutter sehen könnte. Die würde schimpfen und mich fragen, ob ich verrückt geworden bin, mein Geld zu verwetten. Haha, aber die sieht es ja nicht!"

Gewonnen haben wir aber beide nichts.

Das Jahr neigte sich dem Ende zu und ich schenkte ihr einen *1. FC Union Adventskalender*, das fand sie toll. Hatte sie ja schon seit ihrer Kindheit keinen mehr gehabt, meinte sie. Was geschwindelt war, da sie im Vorjahr auch einen von mir gekriegt hatte. Der hielt aber nicht lange, am 15.12. war das letzte Türchen schon auf. Der Tannenstrauch hielt auch nicht viel länger, der verschwand diesmal schon am 19.12. und diente als Frostschutz für die Balkonblümchen.

3

2020 fing an, ob und wo sie Silvester gefeiert hatte, konnte sie sich nicht erinnern.

Dann kam Corona.

Karin war schon eine ganze Weile ziemlich wuschig gewesen, da sie die Nachrichten nicht verstand und nicht wusste, wie sie sich verhalten sollte. Als dann im März der Lockdown verkündet wurde, gab es an jeder Zimmertür in ihrer Wohnung einen großen Zettel, auf dem „Händewaschen!" stand. Sie wollte nicht mehr raus, weil sie sich ja anstecken könnte, und die Fenster blieben auch zu, sie hatte gehört, die Seuche würde sich durch die Luft verbreiten.

Ich hatte einen astreinen Passierschein, für eventuelle Polizeisperren auf den Straßen, man munkelte ja, dass so etwas kommen würde. Da ich zu der Zeit kaum andere Klienten hatte, lief ich meist am frühen Vormittag zu ihr und erschreckte mich jedes Mal aufs Neue über die menschenleeren Straßen. Es fühlte sich an wie Apokalypse und im Supermarkt standen die Leute mit Sicherheitsabstand. Karin verstand das alles nicht. Als sie sich dann auch noch eine Maske vors Gesicht machen musste, war ihre Verwirrung nicht mehr zu stoppen. Weil sie natürlich auch gar keine hatte. Eine Freundin gab mir für sie eine selbstgenähte Maske mit Blümchendekor, die gefiel Karin so wunderbar, dass sie die gar nicht mehr absetzen wollte. Da es kaum etwas gab, womit man sich schützen konnte, verordnete ich ihr drei Tassen Cystus-Tee pro Tag. Das Zeug war schwierig zu bekommen, weil das plötzlich der Renner war. Umso schlimmer war es, das sie die eigentlich für einen Monat gedachte Ration schon nach drei Tagen verbraucht hatte. Sie hatte halt einfach auf eine kräftigere Teemischung gesetzt. Daraufhin bekam sie das Zeug nur noch portioniert und in Teefiltern vorgepackt von mir.

Ich weiß nicht, wie oft ich dachte, ich hätte Corona, und dass ich sie anstecken würde, aber das war eben das Risiko. Und wenn sie verhungert wäre, wäre es ja noch blöder gewesen.

Hatten vorher noch regelmäßige Familientreffen stattgefunden, fielen diese jetzt aus. War ja verboten, sich mit mehr als drei Menschen zu treffen. Ich hatte Probleme, diesen ganzen Verordnungs-Dschungel zu verstehen, sie blickte aber gar nicht durch. Das Einzige, was blieb, war ein Gefühl der kompletten Vereinsamung. Und wenn etwas gar nicht hilft gegen Demenz, dann ist es Einsamkeit und Langeweile. Ich versuchte, oft bei ihr zu sein, aber letztlich waren auch viele Sachen unmöglich. Shoppen fiel aus, Cafés fielen aus und Ausflüge empfand ich zunehmend als anstrengend, da ich sie nicht verstand hinter ihrer Maske und wir deshalb schweigend durch die Gegend fuhren.

Und zu Lesungen konnte ich sie auch nicht mitnehmen, da es ja einfach keine gab. Also las ich ihr zu Hause vor. Ich hatte als Coronazeit-Selbsttherapie mit einem neuen Buch angefangen und sie wurde zu meiner Testleserin. Das hatte einen doppelten Effekt. Denn sie war gut unterhalten und ich konnte meinen Text viel besser einschätzen, wenn ich ihn jemandem vorlas. Manchmal lachte sie Tränen und kriegte sich gar nicht mehr ein. Dann wusste ich, dass ich auf dem richtigen Weg war. Manchmal lachte ich auch vor lauter Freude, was ich mir da am letzten Abend wieder hatte einfallen lassen.

Zu dieser Zeit entdeckten wir auch unseren Lieblingsweg durch den Friedrichshain. Über den *Boxi*, die Grünberger runter, um das *Berghain* herum und durch einen verwilderten Streifen des ehemaligen Reichsbahngeländes. Wir liefen diesen Weg so oft, dass sie sich sogar an ihn erinnern konnte.

Ich kannte ihre Lebensgeschichte natürlich, die hatte ich schließlich oft genug gehört, aber sie begann immer öfter, in der Vergangenheit unterwegs zu sein. Sie war ein klassisches Wirtschaftswunder-Kind. Geboren im tiefsten Westen, aufgewachsen mit klassischer Bildung, inklusive Latein und Altgriechisch.

Lange Sommerurlaube in Nudisten-Camps in Jugoslawien, Diskussionen über Miniröcke, Verbot, als Indianerin zum Fasching zu gehen und die ständige Angst, verlassen zu werden. Nach dem Abitur siedelte sie nach Westberlin über, weil es sich dort besser studieren ließ, aber eigentlich hatte sie gar keine Lust zu studieren. Und wenn sie mal ehrlich war, dann war sie ja eigentlich nur nach Berlin gegangen, weil da der Bertram wohnte, den sie bei einer Reise nach Finnland kennengelernt hatte.

Dann gingen sie ganz oft ins Kino in der Bleibtreustraße und feierten in umliegenden Bars. Und dann war sie das erste Mal schwanger und sie mussten sich eine gemeinsame Wohnung suchen. Sie trennten sich, sahen sich trotzdem noch, und als die Kinder groß waren und die Mauer weg war, zog sie in den Friedrichshain in ihre eigene Wohnung.

Als die Corona-Regeln wieder gelockert wurden, konnten wir auch endlich wieder ins Ringcenter gehen. Und dabei erlebte ich einen meiner schlimmsten Karin-Momente. Wir waren auf dem Rückweg, es war ein schöner Sommertag und mitten im Gespräch flog sie in Zeitlupe an mir vorbei. Ich konnte sie nicht aufhalten und sie knallte mit dem Gesicht auf den Bordstein. Was war passiert? Ganz viel auf einmal: Eine Gehwegplatte war locker gewesen, die hatte sie voll erwischt. Und ich hatte nicht aufgepasst, denn sie hatte Klapperlatschen an und keine richtigen Schuhe. Wir hatten Glück! Die Brille war heil geblieben, sie hatte sich nichts Ernstes getan, außer einer Abschürfung. Puh, da war mein Herz aber ganz schön am schlagen.

Als Konsequenz daraus fuhren wir kurze Zeit später zu *Decathlon*, kauften ein paar Laufschuhe, die sie seitdem immer tragen musste, und ich hatte immer eine Hand frei, falls sie mal wieder stolpern würde.

Manchmal diskutierte sie mit mir, weil sie andere Schuhe anziehen wollte, aber ich blieb immer eisern und sagte: „Wenn de zur Disco gehen willst, dann kannste deine Schleppchen anziehen. Wenn wir zusammen unterwegs sind, gibt es Turnschuhe!"

Der Adventskalender hielt diesmal genau bis Nikolaus, ich schenkte ihr zu Weihnachten eine gestrickte Union-Mütze (natürlich mit Bommel!) und dann war 2021 da. Ein Jahr, welches mit noch viel absurderen Corona-Verordnungen daherkam und in meiner Erinnerung nur eine grau-trübe Ansammlung von Tagen ist.

Weil sie zur Risikogruppe gehörte, bekam sie relativ früh eine Einladung ins Impfzentrum. Schon alleine die Terminbuchung hätte sie komplett überfordert, da wurde ich ja schon irre dabei. Als ich sie dann begleitete, dachte ich, wir sind im Tollhaus. Junge Frauen, die tanzend den Weg wiesen und eine Check-In-Dame, die Karin fragte, ob sie schwanger wäre. Das müsse sie fragen, trotz des Alters, weil Maria-Magdalena ja auch mit biblischen 85 Jahren empfangen hätte. Zum Impfen musste sie alleine rein und als wir auf dem Rückweg waren, war sie ganz begeistert, wie nett und freundlich alle gewesen wären. Da wollte sie bald wieder hin.

Im Sommer nahm ich sie mal mit zu einer Fußballübertragung im Biergarten der Hausbrauerei *Schalander*. Diesmal ohne Debatten, es gab eh nur richtiges Bier. Den Abend genoss sie richtig! Als ich gehen wollte, sagte sie: „Ich bleib hier! Hier hab ich alles, was ich brauch! Nämlich Fußball und Bier!" Aber wie das so ist im Leben, sie musste trotzdem nach Hause gehen.

Zu der Zeit gab es auch manchmal wieder Lesungen, aber die waren meistens komisch. Die einen hatten Angst, sich anzustecken, die anderen keine Lust, sich testen zu lassen, und so blieb es meistens leer. Karin war das egal, sie fand das immer toll. Für mich war das jedoch langsam auch beschwerlich geworden, weil ich sie abholen und auch wieder nach Hause bringen musste. Und ich durfte ihr nichts mehr davon erzählen, sondern musste sie spontan abholen. Denn wenn so ein Termin in ihrem Kalender stand, rief sie mich alle fünf Minuten an, um sich zu versichern, dass es auch wirklich stimmte. Oder stand schon eine Stunde vorher vor ihrem Haus und wartete. Sie war dann immer fassungslos, wegen der vielen Lichter und wegen des Trubels auf den Friedrichshainer Straßen. Aber dann wurde mir klar, dass sie ja gar kein „Nachtleben" mehr kannte. Nicht nur deshalb taten ihr solche Unternehmungen richtig gut. Und oft kam sie mit anderen Gästen ins Quatschen, ja, sie blühte richtig auf. Und wusste am nächsten Tag nichts mehr davon.

Irgendwer hatte sich dann 2G ausgedacht und wenn man dachte, man hatte schon alles erlebt, sah man sich getäuscht. Da war Karin schon so weit, dass sie aufgegeben hatte, zu verstehen, was jetzt wieder los war. Check-In vorm Ringcenter, Impfpasskontrolle in der U-Bahn. Es war einfach nur irre.

Als der Spuk vorbei war, nahm ich sie ein letztes Mal mit zu einer Lesung ins *Panenka*. Ich ging, sie um 19 Uhr abholen, da hatte sie schon ihr Nachtgewand an und lag im Bett. Vielleicht hätte ich ihr einfach „Gute Nacht" sagen sollen, aber das weiß man ja in so einem Moment nicht. Und ich wollte ja auch, dass sie mal wieder etwas anderes erlebt. Auf dem Weg erzählte sie mir fünf Mal, dass es interessant sei, mal so früh am Morgen unterwegs zu sein und ließ sich auch nicht davon abbringen. Ich setzte sie (wie immer) an den Tisch meiner Freunde, die aufpassten, dass sie nicht verbummelt geht. Die mochten Karin alle gerne, aber sagten mir hinterher, dass sie den Job nicht mehr übernehmen würden, da Karin zu anstrengend geworden war. Es war ein sehr trauriger Moment, aber ich musste mir selber eingestehen, dass es auch für mich nicht mehr leistbar war, auf sie zu achten und konzentriert zu lesen. Es war einer der vielen Abschiede, die man mit Demenzkranken hat. Und der tat doll weh.

Während der ganzen Coronazeit hatten wir uns die Rezepte vom Psychologen für ihre Medikamente per Post schicken lassen. Ich hatte schlichtweg keine Lust, mit ihr mit den öffentlichen Verkehrsmitteln eine Stunde hin- und eine Stunde zurückzufahren. Dazu musste Karin einen Brief an ihren Arzt schreiben und wir mussten ihre Gesundheitskarte mitschicken. Diese Briefe waren die einzigen Briefe, die sie noch schrieb und es dauerte nicht lange, bis ich ihr die Schreiben diktieren musste. Es war immer dasselbe Schema:
Dein Name? Den kannte sie.
Deine Straße? Die wusste sie nicht mehr.
Deine Postleitzahl? Keine Ahnung.
Zumindest fiel ihr meistens noch ein, in welcher Stadt sie wohnte.
Und das war ja erst der Anfang des Briefes.
Irgendwann kam aber die Nachricht aus der Praxis, dass es keine weiteren Rezepte geben würde, wenn Karin nicht persönlich vorsprechen würde. Also mussten wir uns wohl oder übel auf den Weg machen.
Tabletten einnehmen, war eine der letzten Bastionen ihrer Selbstständigkeit. Sie führte akribisch eine Liste, in die sie jeden Tag eintrug, an dem sie die Medizin geschluckt hatte. Nur leider hatte sich in den Wochen vor dem Arztbesuch die Stringenz verschoben. Manchmal fehlten Tage, manchmal stand dasselbe Datum mehrfach auf der Liste. Hieß das, sie hatte die Dosis verdreifacht, weil der Tag nach Mittagsschlaf und Abendbrot noch mal von vorne

angefangen hatte? Ich wusste es nicht. Der Arzt auch nicht. Und so wurde ich Medikamenten-Verantwortlicher.

Ich versteckte das Zeug in der Kommode, in einer Plastikdose, auf der eine Kasperlefigur saß. Wenn ich bei ihr war, gab ich ihr die Medis. Das ergab meistens lange Diskussionen, weil sie meinte, sie hätte ihre Tabletten ja schon am Morgen genommen.

Für die Tage, an denen ich nicht da war, füllte ich das Zeug in Schraubgläser, auf die ich Etiketten mit dem Datum klebte.

4

Wir hatten vor kurzem unseren 5. Jahrestag, und drei Wochen vorher ist Karin 69 geworden. War die Demenz vorher so was wie ein Bummelzug gewesen, hatte sie sich im letzten Jahr zum ICE entwickelt. In früheren Zeiten bin ich zweimal in der Woche zu ihr gegangen, inzwischen waren wir bei vier Terminen pro Woche. Karin hatte rapide abgenommen. Wahrscheinlich, weil sie vergaß zu essen und zu trinken. Deshalb machten wir kaum noch richtige Ausflüge, sondern gingen in den Supermarkt. Danach kochte ich und sie machte Salat. Meistens gab es Nudeln mit Tomatensoße, denn das war ihr Lieblingsgericht. Sie freute sich jedes Mal aufs Neue. Weil sie Nudeln schon in ihrer Kindheit geliebt - und so lange keine mehr gegessen hatte.

Ganz viele Sachen, die früher selbstverständlich waren, gibt es nicht mehr. Dafür sind andere Dinge dazugekommen.

Zum Beispiel die Rubrik: „Suchen". Handyladekabel und Brille waren dabei die Favoriten. Aber natürlich machen beim Versteckspiel auch Bankkarte, Topfdeckel und viele andere Sachen mit. Als ich die Fernbedienung das erste Mal im Kühlschrank gefunden hatte, musste ich lachen, weil es so ein Klassiker ist, aber das hörte dann schnell auf, lustig zu sein. Weil Suchen verdammt anstrengend sein kann und sich jeder Logik entzieht. So schaffte es das Handy (natürlich das ausgeschaltete Handy!) in die Schublade zwischen den Schlüppis und die Geldbörse in die Abstellkammer zwischen die Tupperdosen.

Ich konnte beobachten, wie Wörter plötzlich verschwanden. Beispielsweise *Paprika*: Das war ihr Lieblingsgemüse, aber sie hatte keinen Namen mehr dafür. Es war das rote Ding, was auch manchmal gelb war. Aber wie es hieß, wusste sie einfach nicht mehr.

Traurigerweise sind auch die Gespräche irgendwann verloren gegangen. Natürlich unterhielten wir uns weiterhin, aber eigentlich waren es Monologe geworden. Wenn ich ihr etwas erzählte, wusste sie nach drei Sätzen nicht mehr, wo ich angefangen hatte, und versank in ihrer eigenen Welt.

Meistens war sie in der Vergangenheit oder in einem Abenteuerfilm. Dabei gab es durchaus wiederkehrende Motive. Nämlich das Ringcenter und die Männer vom Grünflächenamt.

Die angeblichen Baumpfleger konnte sie gar nicht leiden. Die hatten nämlich am Baum, der vor ihrem Fenster wuchs (Sie wohnte im dritten Stock, und der Ahorn ist schon imposant.), einfach alle Blätter abgemacht. Und nur so lausiges vertrocknetes Gestrüpp drangelassen. Und die Äste hatten sie auch abgesägt. Wenn man sich diese Geschichte von Oktober bis Mai anhören musste, bekam man natürlich auch einen Hass auf die Baumquäler. Aber dann war erstmal alles gut, die Jungs vom Grünflächenamt haben den Baum wieder hingestellt (zwischendurch hatten sie den nämlich auch mal entführt oder ausgegraben) und hatten neue Blätter rangemacht.

Das Ringcenter bot zahlreiche Variationen in ihrer Gedankenwelt. Manchmal war sie dort hingegangen und hatte die Nudeln, den Salat und vor allem die Zutaten für die Tomatensoße gekauft. Da hatte sie dann viel Arbeit mit, weil es ja nicht so einfach ist, aus getrockneten Tomaten, Basilikum und Käse, an dessen Namen sie sich nicht erinnerte, so eine Delikatesse zu zaubern. Oft ist sie dort gewesen, um etwas zu reklamieren, das nicht richtig funktioniert hatte. Das konnte das Stullenbrettchen, das Ladekabel oder auch der Fernseher gewesen sein. Je nachdem. Oft hatte sie auch die schönen neuen Kniestrümpfe gekauft, die sie gerade trug, oder die bunten Blumen auf ihrem Balkon. Interessanterweise traf sie im

Ringcenter auch oft andere Menschen. Frauen, die ihr zeigten, wo es besonders gute und günstige Kniestrümpfe gab, Frauen die ihr erklärten, wie die Kniestrümpfe zu tragen sind, damit sie lange halten und Blumenverkäuferinnen, die sie überreden wollten, einen neuen BH zu kaufen, weil der gerade im Angebot war.

Und sie traf Männer! Jede Menge Männer. Meist deutliche jüngere. Einer lud sie zum Kaffee ein und zeigte ihr die Ladenpassage, mit einem trank sie ein Bier und redete viel, aber der war die ganze Zeit mit seinem Handy beschäftigt, und einer trug ihr die Einkäufe nach Hause. Aber natürlich sagte sie immer rechtzeitig, dass sie jetzt keine Zeit mehr hatte und noch andere Dinge erledigen musste. Also zu wild durfte es auch nicht werden in der Phantasiewelt.

An anderen Tagen hatte sie lange mit ihrer Mutti telefoniert, weil die sich gut mit Demenz auskannte und ihr viele Tipps gegeben hatte, damit es wieder besser wird.

Wenn ich sie fragte, wie alt sie ist, schätzte sie sich meist auf 23. Manchmal war sie auch schon 40, aber das war eher selten.

Ich hatte aufgehört, ihr zu widersprechen, ich ließ sie erzählen. Weil es ja nichts besser machte, wenn ich ihr erklärte, dass es keine Telefone im Jenseits gab, und die delikate Tomatensoße aus der Büchse stammte. Ich war kein Angehöriger, ich hatte den Vorteil einer gewissen Distanz, aber zu sehen, was diese Krankheit anstellte, machte mich trotzdem traurig und wütend. Wie ein großartiger, empathischer Menschen langsam aber unaufhaltsam verblasst, bis von ihm nur noch ein Schatten übrig ist.

Manchmal fragte sie mich, wie es mir geht. Ich sagte dann meistens: „Gut!"

Unsere Tage waren gezählt, sie würde in einer nicht allzu fernen Zukunft in ein Heim müssen. Vielleicht geht es ihr da besser, vielleicht trifft sie da nochmal jemanden, der Kniestrümpfe, Bier und Nudeln mag. Ich werde versuchen, sie als die coole Karin in Erinnerung zu behalten. Als meine Freundin und Lieblingsklientin Karin!

Aber ganz so einfach war es dann doch nicht mit den (ab)gezählten Tagen, denn einen Heimplatz gab es nicht so einfach. So lief die Jahresuhr weiter und ich blieb ihr Betreuer.

Inzwischen war wieder Winter, die garstigen Burschen vom Grünflächenamt hatten wieder alle Blätter vom Baum geklaut, und wo sie einmal dabei waren, auch gleich noch dafür gesorgt, dass Karins Balkonblumen wie gerupft aussahen. Warum auf dem Dach gegenüber Schnee lag, konnte sie sich auch nicht erklären, schließlich war der Winter ja endlich vorbei.

Wenn ich an ihrer Haustür klingelte, freute sie sich immer. Wusste aber nicht, wie sie mich hereinlassen sollte. Den Satz „Karin, drück auf den Summer!" konnte ich irgendwann nicht mehr leiden. Sie auch nicht, denn sie wusste nicht, was ich meinte.

„Weißer Kasten an der Wand! Ganz oben links! Schlüsselsymbol!" waren auch keine schönen Sätze. Aber meist halfen sie. Oder mein Ersatzschlüssel.

Ich feierte mein einjähriges Jubiläum als Pillen-Kontrolletti eher verhalten. Also, um ehrlich zu sein, gar nicht. Aber mir wurde bewusst, wie schnell die Zeit vergeht. Schon wieder ein Jahr vorbei.

Inzwischen gab es einfache Tage, da nahm sie die Tabletten und trug sie in die Liste ein, weniger leichte Tage, an denen sie die Tabletten nicht nehmen wollte, oder wenn doch, dann aber nicht in die Liste eintrug. Und es gab schwierige Tage. An denen war sie nämlich felsenfest davon überzeugt, die Pillen schon am Morgen genommen zu haben.

Wenn ich sie fragte, woher sie die Tabletten hatte, kam wieder das Ringcenter ins Spiel.

„Wie? Dann bist du ins Ringcenter gegangen, hast jemandem gesagt, dass du Karin heißt und der hat dir dann deine Tabletten gegeben?"

„Ja, und ich hab die dann mitgenommen!"

„Okay, das war bestimmt ein Abenteuer. Aber hier sind deine richtigen Tabletten, und die nimmst du jetzt bitte!"

„Ach, die soll ich jetzt nehmen?"

„Ja, genau!"

Dann war das Ringcenter schon wieder vergessen und sie nahm die Pillen.

Auf dem Weg zum Supermarkt merkte ich eines Tages, dass sie nicht richtig rundlief, sondern irgendwie eierte. Auf die Frage, ob ihr die Füße wehtaten, sagte sie erst ja, dann nein, dann wieder ja. Zu Hause ließ ich sie die Socken ausziehen. Nun war ich alles andere als ein Experte für untere Extremitäten. Aber dass da was nicht stimmte, sah auch ich. Wenn wir zu ihrem Hausarzt gingen, würde der wieder eine Darmspiegelung wollen. Also machte ich einen Termin beim Fachpersonal, nämlich der Fußpflege. Sie bekam einen jungen, smarten Typen zugeteilt, und ich ließ die beiden alleine. Ich musste nämlich Geld holen, um das Ganze zu bezahlen.

Als ich Karin wieder abholte, sagte er zu mir: „Normalerweise find ich es besser, wenn die Betreuung beim ersten Mal mit dabei ist. Ich meine, sie ist ja ganz lieb und macht, was man sagt, aber ich hab auch andere mit der Diagnose. Und das geht gar nicht. Die sind so ausfallend und aggressiv."

Er hatte diverse Dinge an ihren Füßen entfernt, und sie lief tatsächlich wieder besser.

Beim zweiten Mal war es aber schon okay, und ich durfte die beiden mit Erlaubnis alleine lassen.

Als ich wiederkam, zeigte er mir Karins Fuß. Sie hatte sich wohl in mühevoller Heimarbeit die Hornhaut entfernt und sich dabei bis aufs Blut verletzt. Mich wunderte, dass sie damit überhaupt laufen konnte. Wieder zurück in ihrer Wohnung, versteckte ich sämtliche Utensilien, die man dafür verwenden konnte. Eine große Hilfe war sie dabei leider nicht, denn sie konnte sich in keiner Weise erinnern, womit sie ihren Fuß malträtiert hatte.

Auf der Straße war ich ja sowieso immer in einer Art Hab-Acht-Stellung, um zu verhindern, dass sie stolperte. Das hieß für mich, dass ich meine Hände nicht in die Tasche stecken durfte, um schnell reagieren zu können. Wie oft ich sie vorm Hinfallen bewahrte, weiß ich gar nicht mehr. Beim Treppensteigen war es ähnlich, weil sie dazu neigte, die Füße nicht richtig zu heben und dann gegen die Stufe zu treten und den Halt zu verlieren. Deshalb musste sie immer eine Hand am Geländer haben.

Als wir irgendwann mal einkaufen gehen wollten und ich schon den Hausflur erreicht hatte, hörte ich hinter mir einen entsetzlichen Knall und ihre Schmerzensschreie. Das Ganze spielte sich in Sekundenbruchteilen ab. Sie war nur drei Treppenstufen hinter mir gewesen, hatte beim Laufen in ihrer Hosentasche nach dem Briefkastenschlüssel gekramt und war volle Kanne hingekracht.

Dann hockte sie da auf dem Marmorfußboden und weinte bitterlich. In meinem Kopf ging alles durcheinander. Ich war kein Chirurg und der jahrzehntelange Konsum von Krachmusik und regelmäßiger Besuche der *Alten Försterei* hatten mein Gehör nun auch nicht unbedingt feinsinnig werden lassen, aber, dass da einige Knochen zu Bruch gegangen waren, glaubte ich schon gehört zu haben. Ich kniete mich neben sie, umarmte sie und sagte: „Okay! Durchatmen. Erstmal durchatmen!" Währenddessen rief ich in Gedanken schon den Krankenwagen und sah uns Richtung Notaufnahme rasen.

„Pass auf! Ich helf dir jetzt beim Aufstehen. Ganz langsam, und dann zeigst du mir, wo es wehtut."

Und dann zog ich sie ganz langsam und vorsichtig hoch. Dabei fiel mir auf, dass sie ganz schön schwer war. Offensichtlich tat ihr mein Kochen doch gut.

Irgendwann stand sie, und die Tränen liefen immer noch ihre Wangen hinunter.

„Jetzt einen Schritt nach vorn. Und noch einen. Ja, so ist es gut!" Karin konnte laufen. Langsam und vorsichtig, aber es ging. Auf der Straße hatte sie schon vergessen, was passiert war. Es war nichts gebrochen, es war alles gut ausgegangen.

Seitdem darf sie ihren Schlüssel erst suchen, wenn sie direkt vor dem Briefkasten steht.

Ich klang meist wie ein garstiger Grundschullehrer aus der Kaiserzeit, wenn ich im Stakkato wiederholte: „Die Hand bleibt am Geländer!"

Einen Weihnachtskalender gab es in diesem Jahr nicht, der hätte höchstwahrscheinlich auch den ersten Tag nicht überlebt. Über einen Tannenstrauß diskutierten wir nur.

Am Nikolaustag versteckte ich einen Schokoladenweihnachtsmann und zwei Mandarinen in ihren Schuhen. Das verwirrte sie, weil sie sich nur an den Osterhasen erinnern konnte, und der hatte eher nix für Schuhe übrig. Aber irgendwie freute sie sich trotzdem und biss dem Weihnachtsmann genüsslich den Kopf ab.
Inzwischen hatte ich einige weitere Aufgabenbereiche dazubekommen. Ich war jetzt nämlich auch Wäscheverantwortlicher. Dazu bin ich gekommen, als ich mal wieder etwas suchte und dabei feststellte, dass sie angefangenen hatte, die getragenen Schlüppis nicht in die Wäsche, sondern wieder in den Schrank zu packen. Während die Waschmaschine lief, fiel mir auf, dass ich mich gar nicht erinnern konnte, jemals Bettwäsche auf der Leine gesehen zu haben. Das Bett befand sich auch vollkommen außerhalb meines Blickfeldes. Denn darin versteckte sie nichts, und es war immer mit einer Tagesdecke und Kissen dekoriert. Die ehemals weiße Bettwäsche war gelb, und das Laken bestand nur noch aus Fetzen. „Ach du Schande, warum schläfst du denn in so was?", fragte ich sie. Und sie antwortete: „Weil ich kein Geld habe und mir kein neues Laken leisten kann!"
So ein Quatsch! Ich fühlte mich schuldig, weil ich nicht aufgepasst hatte, aber es ist einfach unmöglich, alles im Blick zu haben.
Eines Tages war sie nach fünf Löffeln Suppe satt. Das wunderte mich, denn eigentlich war sie eine gute Esserin. Die Auflösung war dann relativ simpel. Sie hatte nämlich drei Schlüppis übereinander an, und die drückten ihr den Bauch zusammen. Seitdem war ich also auch Untertrikotagen-Beauftragter und schickte sie immer, wenn ich bei ihr war, ins Schlafzimmer, damit sie nachschaute, wie viele Buchsen sie anhatte. Ihre Begründung für die Mehrfachtragung war schlicht: „Das geht schneller beim Anziehen!"
Weil Dinge ja einem Wandel unterliegen, kamen wir dann auch an den Punkt, wo sie vier Schlüppis anhatte. Und auch dafür war der Grund einleuchtend. Wenn da nämlich im Sommer einer nass wird beim Baden, dann hätte sie ja noch drei trockene an.
Irgendwo in den Tiefen ihres Schrankes hatte sie einen Gürtel aus den 70ern entdeckt. Mit großer Schnalle und viel Eisenbeschlag.

Egal, wem der mal gepasst hatte, ihr jedenfalls nicht. Das wollte sie aber nicht einsehen und jammerte gequält auf, wenn sie sich hinsetzte. Ich gab ihr einen anderen Gürtel, aber zwei Tage später hatte sie das Folterinstrument wieder angelegt. Ich versteckte den auf dem Kleiderschrank und war gespannt, wie lange es dauern würde, bis sie ihn wieder umgeschnallt haben würde.

Sie war inzwischen immer ganz überrascht, dass ich Mikis war. Hatte aber auch keine Idee, wer ich sonst sein könnte. Aber sie sagte mir immer noch, dass sie mich sehr doll lieb hat.

Heiraten wollte sie mich nicht und auch meine Kinder nicht großziehen, aber lieb haben kann man jemanden ja trotzdem. Als wir einmal vom Einkaufen zurück zu ihr liefen, hielt sie meine Hand fest und sagte: „Ich muss dir mal was sagen! Wir müssen ja nicht immer nur draußen durch den Regen laufen. Du kannst ja auch gerne mal mit zu mir in die Wohnung kommen!"

Dazu fiel mir dann nur ein: „Das ist ja eine schöne Idee."

Gut, dass ich mir gemerkt hatte, wo sie wohnt, denn sie hatte es vergessen.

Weihnachten stand vor der Tür, aber sie wusste nicht, was sie da machen würde. Ihre Eltern wollten zu Besuch kommen und einen alten Jugendfreund mitbringen, den sie lange nicht gesehen hatte. Sie war sich aber nicht sicher, ob sie darauf Lust hatte. Vielleicht würde sie auch wegfahren oder mit ihren Kindern feiern. Aber nur, wenn sie da nicht wieder die ganze Zeit kochen und backen müsste. Vielleicht würde sie auch einfach nur zu Hause bleiben, weil da war es sowieso am Schönsten. Da könnte sie im Ringcenter alles einkaufen, was sie brauchte, und sich den Fernseher anmachen. Oder auf dem Balkon neue Blumen pflanzen.

Wie Weihnachten dann wirklich gewesen war, hatte sie sich nicht gemerkt. War auch schon viel zu lange her. Meinte sie am 27. Dezember. Dafür hatte sie eine Packung Papiertaschentücher in durchsichtiges Geschenkpapier gewickelt und eine Schleife drum gebunden. Die schönsten Geschenke sind eben die kleinen. Und so konnten die Taschentücher sich erholen und wieder mehr werden.

Am selben Tag war ich mit ihr in einem Kramladen, weil sie einen neuen Wandkalender brauchte. In dem Laden lief gerade „Wake Me Up Before You Gogo" und Karin fing an zu tanzen. Dazu rief sie: „Hier läuft immer so schöne Musik!"
Die Verkäuferin fand das lustig und drehte die Musik noch lauter. Später fiel mir dann auf, dass sie ja zu Hause die Musik komplett verloren hatte. Wenn da was lief, war es der Fernseher. Plattenspieler und CD-Player waren nur noch Dinge, die rumstanden und mit denen sie nichts mehr anfangen konnte. Und das war wieder so ein Moment, in dem ich mich innerlich ohrfeigte, weil ich nicht darauf geachtet hatte. Als wir uns damals kennengelernt hatten, lief immer irgendwas. Dire Straits, Genesis, Dimmu Borgir oder Klassik. Ich konnte mich beim besten Willen nicht erinnern, wann es still geworden war. Und jetzt war es zu spät, denn nun war die Musik verloren. Dabei wusste ich doch ganz genau, dass Musik wichtig ist.

Silvester? Hatte sie noch keine Ideen. Redete ja auch niemand mit ihr drüber. Aber eigentlich war ihr das auch nicht wichtig. Zum Jahresausklang durfte sie mir noch einmal meinen Bart flechten. Das fand sie gut.

5

Unser neues Jahr fing mit Verspätung an, da ich die erste Januarwoche mit Kind in die Ferien nach Sachsen gefahren war. Das tat mir gut, denn auch wenn mein Job nun nicht wirklich der stressigste war, kostete er mich doch ganz schön viel Kraft. Und nach ein paar Tagen merkte ich, wie die ganze Anspannung von mir abfiel und ich seit Monaten das erste Mal wieder befreit durchatmen konnte.

Als ich das erste Mal wieder bei Karin war, stellte ich fest, dass „Verstecken" wieder hoch im Kurs stand. Die Strickmütze war verschwunden, die Tablettenliste war weg und das Handyladekabel auch.

Dafür hatte sie sich im Ringcenter ein Buch von Mikis Wesensbitter gekauft. Nämlich „Die coolen Jungs stehen jetzt hinterm Tor".

Und eine neue Fernbedienung für den Fernseher. Und Socken. Aber das war komisch. Weil, als sie die gekauft hatte, da waren die einfach nur schwarz. Und jetzt waren die blau-weiß-kariert. Aber das gefiel ihr eigentlich viel besser.

Draußen war es bitterkalt, und die einzige Kopfbedeckung, die ich bei ihr fand, war ein schwarzer Filzhut, mit dem Karin aussah wie die Stiefmutter von Aschenputtel. Aber das war egal. Hauptsache, sie fror nicht.

Die Strickmütze tauchte ein paar Tage später wieder auf. Die hatte im Futter der Regenjacke Kängurubaby gespielt und sich dort versteckt, bevor sie wieder hervorschaute. Ob sie die Inspiration dafür bei *Elefant, Tierpark und Co* gefunden hatte, konnte sie mir nicht sagen. War aber auch unwichtig. Wichtig war ja, dass sie nicht mehr wie eine böse Märchengestalt aussah.

Um mal was neues auszuprobieren, machte ich ihr, bevor ich ging, nicht den Fernseher an, sondern den CD-Player. Ich schaute nicht mal nach, was darin für Musik war. Es war *Genesis*. Nach den ersten Takten von „Invisible Touch" wurde aus ihr Karin Karajan. Sie schwang einen imaginären Taktstock und schnipste mit den Fingern. Es war also doch noch nicht alles verloren.

Ein paar Tage lang freute sie sich immer wieder aufs Neue, wenn ich ihr die Musik anmachte. Sie erzählte mir überschwänglich, wie toll sie die fand. Dann erklärte sie mir plötzlich, dass sie vor der Musik Angst hatte. Weil sie nicht wusste, wie man die ausmacht, und dann würde die ja vielleicht immer wieder von vorne anfangen. Am nächsten Tag war sie sich dann sicher, dass die Nachbarn bestimmt gleich klingeln würden, um sich über die laute Musik zu beschweren. Mein Argument, dass die Mucke ja nicht mal so laut war wie ihr Fernseher, beruhigte sie nicht wirklich.

Als ich einmal von ihr losging und auf der Straße feststellte, dass ich mein Handy bei ihr vergessen hatte, freute sich Karin überschwänglich, als ich wieder vor ihrer Tür stand. Ich war nicht mal drei Minuten weg gewesen, aber das wusste sie nicht mehr. Von *Genesis* war auch nichts mehr zu hören. Die hatte sie offensichtlich gleich ausgemacht, nachdem ich gegangen war. Aber davon wusste sie auch nichts mehr.

Standardbekleidung sind jetzt immer zwei Schlüppis. Das wäre praktischer, erklärte sie mir. Ich ließ ihr den Spaß. Und immer öfter zeigten sich Orientierungsschwierigkeiten bei ihr.

„Ich brauche noch Tempotaschentücher!"
„Die liegen direkt vor dir!"
„Die Schlüssel?"
„Nein! Du suchst die Taschentücher!"
„Ah! Hier ist ja der Kugelschreiber!"
„Den suchst du aber gar nicht, sondern Taschentücher."
„Ah, hier!"
„Nein, das ist eine Slipeinlage."

Das hätten wir dann jedes Mal endlos weiterspielen können ...
Aber manchmal war Karin auch für eine Überraschung gut. So saßen wir bei der üblichen Tasse schwarzen Tee, der ihr manchmal besonders gut schmeckte und den sie ein anderes Mal dann wieder völlig langweilig fand. An diesem Tag schmeckte er ihr, und sie erzählte mir, dass es ja so still geworden wäre in ihrer Straße. Die Leute wären auch gar nicht mehr auf den Balkonen. Was ich nicht ungewöhnlich fand, im Winter ist man einfach seltener draußen.

Und dann rief sie: „Jetzt reicht es mir aber! Ich hab die Schnauze voll!"

Erschrocken fragte ich sie, was ihr denn reichen würde.

„Na, die Kinder von gegenüber. Die stehen immer auf dem Balkon und rufen: ,Karin können wir rüberkommen zu dir?' Das will ich jetzt nicht mehr. Da können sich jetzt auch die Eltern mal kümmern!"

Ich glaub, die Kinder kannte ich schon, von denen hatte sie schon mal erzählt. Das waren die, die immer Papierflieger warfen, die dann auf ihrem Balkon landeten. Auf diese Entfernung müssen sie echte Titelkandidaten für die Papierflieger-Europameisterschaft gewesen sein.

Natürlich hätte ich sagen können, dass es diese Kinder gar nicht gab, aber wem nutzte das? Also sagte ich: „Arme Karin, du hast es auch nicht leicht!"

Da war ihr Ärger aber schon wieder verflogen und sie hatte ein ganz anderes Problem ausgemacht. Sie fragte sich nämlich, warum der Baum keine Blätter hatte.

Es gab Tage, da beneidete ich sie ein bisschen. Denn mal abgesehen von ihrer Krankheit ging es ihr gut. Sie musste sich eigentlich um nichts kümmern. Die Rente kam pünktlich, und auf dem Konto war mehr als genug Geld. Niemand wollte was von ihr, setzte ihr Fristen oder forderte irgendwelche Unterlagen an. Und trotzdem löste jeder Brief, den sie im Briefkasten fand, einen großen Schreck bei ihr aus.

„Um Himmels Willen, was soll das denn jetzt wieder!", war ihr Spruch, wenn sie mit der Post wedelte.

„Nix!", sagte ich dann. Denn meistens war es Werbung. Alles andere war auch nicht weiter von Belang oder ich erledigte das für sie. Aber Angst hatte sie trotzdem, die konnte sie bedauerlicherweise nicht einfach vergessen.

Vor Corona war sie noch regelmäßig zum Friseur gegangen und hatte sich einen feschen Kurzhaarschnitt verpassen lassen. So richtig reibungslos hatte das aber damals schon nicht funktioniert. Weil sie Termine per Telefon ausmachte und dann nicht aufschrieb, bei welchem Friseur. Da gab es drei zur Auswahl. Oder sie schrieb auf, bei wem der Termin war, aber nicht wann. Ich brachte sie dann einfach zu dem um die Ecke und gab sie da ab. Dann waren die Friseure zu und sie erzählte mir, dass sie ja eigentlich lange Haare haben wollte. Das würde sich zwar in ihrem Alter nicht mehr gehören, aber einen Zopf fand sie gar nicht schlecht. Das war eine praktische Idee, denn wenn sowieso alle Läden geschlossen waren, dann blieb ja auch nichts anderes übrig. Wir kauften Zopfgummis und sie ließ wachsen. Natürlich wusste sie ganz oft nichts mehr davon, dann erinnerte ich sie daran, dass sie höchstselbst beschlossen hatte, Rapunzel zu werden.

Allerdings verlangten ihre langen Haare unbedingt danach, zu einem Zopf gebunden zu werden, da sie sonst immer etwas

„stürmisch" aussah. Im Winter nicht, denn da trug sie ja Mütze, aber in wärmeren Zeiten gehörte auch *Zopf* zu meiner Checkliste, bevor wir losgehen konnten. Da gab es allerdings ein Problem, denn Zopfgummis gehörten zu ihren Lieblingsversteckobjekten. Hatten wir gerade einen neuen Zehnerpack gekauft und ins Bad gehängt, waren schon nach wenigen Tagen keine mehr da. Und die zu finden, war mehr als schwierig, denn mit Zopfgummis konnte man vieles anstellen.

„*Was ich?* Und du willst dann der Prinz sein und an meinen Haaren hochklettern? Das fällt aber aus!"

Wenn man durch den Friedrichshain läuft, kommt man an einer Menge Frisiersalons vorbei, komischerweise triggerten Karin aber eigentlich nur die Barbershops. Davor blieb sie dann stehen und meinte: „Zum Haareschneiden müsste ich auch mal wieder!"

„Gut, aber da biste falsch. Die machen nur Männerschnitte!"

An die Rapunzel-Geschichte musste ich irgendwann im Winter denken, und seitdem erzähle ich ihr Märchen. Das findet sie gut, weil sie die nämlich im Kopf abgespeichert hat. Ihr Lieblingsmärchen ist „Frau Holle".

„Rotkäppchen" darf ich nicht mehr erzählen, denn da hatte ich den Wolf wohl etwas zu enthusiastisch interpretiert, und sie hatte sich so erschrocken, dass sie zu weinen anfing.

Zum Ende des Winters hatte die Demenz *TGV-Tempo* aufgenommen.

Einer ihrer neuen Favoriten war „Geldbeutel nachjustieren", was nichts anderes bedeutete, als dass sie Ausweise, Geldkarte und andere wichtige Dinge ausräumte und durch Zettel mit Telefonnummern, alte Visitenkarten oder Slipeinlagen ersetzte. Dabei ging sie allerdings subtil vor. Es fehlte nie alles, aber meist das, was wir brauchten. So mussten wir öfter zweimal zur Sparkasse gehen, um Geld zu holen. Und Karin wurde zur registrierten Schwarzfahrerin, weil sie den Schwerbeschädigtenausweis aussortiert hatte. Die Kontrollettis waren auch wirklich ausgesuchte Knallköppe, die selbst bei meiner dritten Intervention, dass die Dame dement ist, nicht aufhörten, ihr die Welt zu erklären. Karin verstand natürlich

kein Wort davon und erzählte denen wiederum Geschichten von früher, als sie noch mit dem Fahrrad zur Schule gefahren war.
Schwierig war auch, verschwundene Ausweise wiederzufinden. Das wohl schönste Versteck für den Schwerbeschädigtenausweis (den ließ sie am liebsten verschwinden) war in der Pudelmütze, die wiederum in einer alten Handtasche versteckt war.
Auch unsere Gespräche nahmen neue Formen an.
„Wie geht es dir eigentlich?"
„Ach nicht so doll gerade, ich hab gerade Stress auf der Arbeit."
„Das ist ja schön! Mein Vater hat zu mir gesagt, dass ich die Balkonkästen nicht so verwahrlosen lassen kann!"
Manchmal erzählte sie mir, wie sie sich mit ihrer Freundin im Buddelkasten gestritten hat. Das wurden dann fast Theateraufführungen, in denen sie mit verteilten Stimmen die Szenerie nachstellte.
Einmal fragte ich sie beim Mittag: „Was isst du eigentlich gerade?"
„Na Pellkartoffeln mit Blumen und Frauen, die da drin stehen!"
Das ist dann wohl die verrückteste Umschreibung für Kartoffelsalat mit Würstchen.

Wir waren natürlich auch in der Außenwelt sichtbar. Und so waren wir in den umliegenden Supermärkten durchaus bekannt. Als ich einmal abends zu *Aldi* ging, fragte mich die Verkäuferin: „Ach, heute ganz alleine?"
„Ja, ist Schlafenszeit. Da ist die junge Dame schon im Bett. Und ich hab Feierabend!"
„Die ist so knuffig. Und die ist immer so nett."
„Ja, aber es ist inzwischen wirklich schwierig mit ihr."
„Na, bei mir hat sie ja immer zu tun. Bei mir muss sie immer Kleingeld suchen."
Und da hätte ich meine Lieblingsverkäuferin am liebsten umarmt, weil das so menschlich war.

Bei einem meiner ersten Besuche bei Karin hatte ich im zweiten Stockwerk frivole Geräusche gehört. Da hatte eine Frau so richtigen Spaß. Ich wäre damals gerne stehen geblieben und hätte eine

Weile zugehört, denn die Klangfolgen zielten direkt in mein Sinnlichkeitszentrum. Aber ich musste ja leider weiter.

Bald hatte ich auch herausgefunden, wer die Verursacherin der polyformen Lustgeräusche war, wir begegneten ihr ziemlich oft. Um ehrlich zu sein, verharrte ich über all die Jahre immer einen kurzen Augenblick auf ihrer Etage. Aber dieser besondere Moment hatte sich leider nie wiederholt.

In der Realität geht die Geschichte weiter, im Buch ist sie jetzt zu Ende.

In Nudeln mit Tomatensoße sieht Karin schöne Frauen mit langen Wimpern, im Spreewälder Kartoffelsalat eingecremte Gesichter, denen der Hals fehlt. „Und das Kinn!"

Ich habe ihr eigentlich nie etwas versprochen. Die sechs Jahre hatten sich einfach so ergeben.

Aber einen Wunsch habe ich ihr dann doch nicht erfüllt. Sie wollte nämlich unbedingt ins Casino gehen und zocken. Am Anfang wäre das kein Problem gewesen, jetzt geht das nicht mehr.

Vielleicht gibt es im Pflegeheim einen Spielsalon und sie kann da ihre Scheine auf den Pokertisch werfen. Oder sie kann beim Roulette alles auf *Noir* setzen.

Das Schöne ist ja: Es gibt nichts mehr zu verlieren!

Nachwort

Manchmal enden Geschichten, obwohl sie noch gar nicht zu Ende erzählt sind.
So ist das im Leben.
Ich werde demnächst 56, das heißt, der buddhistische 7-Jahreszyklus kommt mal wieder in seine heiße Phase. Es wird Zeit für Veränderungen?!
Ich war neulich bei einem Konzert. Da spielten vier Bands, die Krachmusik machten. Um ehrlich zu sein, hab ich vorher so gebummelt, dass ich drei davon verpasst hatte. Ich wollte eigentlich sowieso nur die vierte sehen. Das war *Napalm Death*. Und die waren Scheiße an dem Abend.
Warum ich dafür 35 Euro Eintritt bezahlt hatte, war mir ein Rätsel, aber im Endeffekt war es egal, weil es so ein bisschen wie ein Klassentreffen war. Ein Klassentreffen, bei dem aber nur die coolen Leute gekommen sind. Und während ich mit einer alten Freundin schwatzte, tippte mir jemand auf die Schulter.
„Sach' ma, bist du nich Mikis?"
„Ja, der bin ich!"
„Du hast dich vor Ewigkeiten mal bei mir beworben. Ich glaub, ich hab damals gar nicht geantwortet. War soviel zu tun. Suchst du immer noch einen Job?"
„In welcher Branche?"
„Na, bei mir, in der Konzertagentur!"
„Ahh, warte mal kurz. Jetzt erinnere ich mich. Erzähl!"
Und dann standen wir an der Bar, er erläuterte mir, was er suchte und dringend brauchte, und ich sagte ihm spontan zu.
Jetzt werde ich also doch noch mal ins Rock'n'Roll-Kulturgeschäft einsteigen. Ob das noch altersgerecht ist und mir Spaß macht, kann ich noch nicht sagen. Aber es ist andererseits kein Risiko, da ich ja weiß, dass ich jederzeit wieder zurück in die Alltagshilfe wechseln kann. Karin werde ich weiter betreuen, bis sie ihren Heimplatz endlich bekommen hat.

Die letzten Jahre haben natürlich ihre Spuren hinterlassen. Schließlich bin ich nicht jünger geworden. Im Bart haben sich mehr und mehr die grauen Haare breitgemacht, nach dem Aufstehen blicke ich ungern in den Spiegel, weil die Falten um die Augen manchmal wie eine Stadtautobahn aussehen, und wenn ich ein Fenster putzen muss, sagt meine Schulter gerne: „Stopp, Alter! Mach dit langsam!"

Andere Spuren sind äußerlich unsichtbarer, weil sie sich im Inneren eingegraben haben. Ich musste lernen, dass in der modernen Welt Trennungen ganz anders ablaufen als in der alten Welt, in der ich sozialisiert wurde. Im Job wie im Privaten. Man lernt Menschen kennen, man kommt ihnen nahe, und dann heißt es schon wieder Abschied nehmen.

Oder man hat Schmetterlinge im Bauch, kuschelt sich nächtelang wohlig an die Andere und fühlt sich ganz eins mit der Welt. Und dann ist plötzlich die Zweisamkeit wieder vorbei, weil die Andere sich nie wieder meldet.

Ich hatte auch keine Erfahrung damit, Menschen beim Sterben zu begleiten. Ist nicht schön, aber manchmal auch wie eine Erlösung. Wenn jemand spürt, dass es nicht wieder besser wird, dann soll er gehen dürfen.

Und es gibt Spuren, die ganz unerwartet auftauchen. So rief mich kürzlich ein Freund an, dem ich ein Buch geborgt hatte. Er meinte: „Da war noch ein Lesezeichen drin. Soll ich dir mal ein Bild schicken?"

Es war ein Einkaufszettel.

Von Erik.

Danke

Für Myrna, Milind & für Y., den Eisernen Nachwuchs der nächsten Generation!

Meiner Managerin & besten Freundin Milena - für Alles! Oder sagen wir: „Für Allet"?

Anja fürs Anja-Sein, Da-Sein und Das-mit-ß-Kommafehler jagen.

Torsti für die visuelle Untermalung der Lesungen und die vielen „Shirts zum Buch".

Für Clauds, die Wolkenfrau.

Meiner Rot-Weißen-Amsel-Crew für das Füreinanderdasein und Aufeinanderaufpassen. In guten wie in schlechten Zeiten.

Meinen Freunden und Freundinnen Jan, Poss, Mark, Kristin, Henning, Dø, Frosch, Barbara und Tante Horst.

Für Wolfram und Heidrun. Respekt für eure Kraft und die Energie!

Marry & ToM von Periplaneta. Fürs Nicht-Aufgeben und Immerweiterkämpfen! Und natürlich für das nun schon sechste (!) Buch bei euch im Verlag.

David & Sybille für die schöne Zusammenarbeit in all den Jahren.

Den vielen Menschen die mir bei der Arbeit ans Herz gewachsen sind und denen ich nahe kommen durfte. Und die mir dieses Buch dadurch erst möglich gemacht haben.

Den vielen Schmetterlingen im Bauch. Die einfach fliegen wenn sie Lust darauf haben. Und nicht danach fragen, ob sie das dürfen.

Andreas Ulrich für die Unterstützung und die angenehmste Radiostimme dieses Landes.

Cigarettes After Sex, Mogwai & Acht Eimer Hühnerherzen für die Begleitmusik beim Schreiben dieses Buches.

Wenn es schon Begleitmusik gibt, dann braucht es natürlich auch besonders inspirierende Getränke zum Schreiben. Deshalb Dank an *Lemke Berlin* für die gute Bierkarte. Und der lustigen rothaarigen Fee vom *Denn's-Biomarkt* am Ostkreuz, die immer dafür sorgt, dass kaltes *Wunderbraeu Hell* im Kühlschrank steht.

Hallo Plusquamperfekt! So richtig warm sind wir ja miteinander nie gewesen geworden wären. Aber trotzdem ist es schön, dass es dich gibt!

Und natürlich gilt mein Dank meinen Lesern. Ihr seid Gold. Alle!

Obwohl, Gold ist ja eigentlich auch Quatsch. Also noch mal anders: Ihr seid schau! Und ich bin froh, dass es euch gibt. Und dass ich bei so vielen Gelegenheiten spüren durfte, was meine Bücher bei euch auslösen.

Lasst uns anstoßen! Auf das Leben! Auf den Trotz! Auf den Osten!

Mikis

kultur

Ebenfalls erschienen

Mikis Wesensbitter: „An der Mittellinie stehen die coolen Jungs"

Roman, Hardcover, 224 S., ISBN: 978-3-948949-14-3

Sommer in Ostberlin. Der 1.FC Union ist endlich wieder erstklassig. Für Mikis und seine Freunde Kai und Wenzel beginnt nicht nur die 8. Klasse, sondern ein ganz neuer Lebensabschnitt. Schließlich darf man, wenn man 14 geworden ist, ganz andere Dinge tun als vorher. Und so gehts zum 1. Mal ins Stadion an der Alten Försterei, die erste eigene Schachtel Semper muss organisiert werden. Und an den Geschmack von Bier muss man sich auch erst mal gewöhnen. Das ist aber nur der Anfang, denn da warten ja schließlich auch noch die Jugendweihe, die erste Rasur und vor allem, der erste Kuss …
Es wird ein turbulentes Jahr werden.

Mikis Wesensbitter: „Die coolen Jungs stehen jetzt hinterm Tor"

Roman, Hardcover, 272 S., ISBN: 978-3-948949-26-6

Für Mikis und seine Freunde Kai und Wenzel beginnt die 9. Klasse und ein Fußballjahr, das sie niemals vergessen werden. Aber natürlich besteht das Leben nicht nur aus Fußball. Schließlich darf man mit 15 endlich in die Disko, hat weniger Probleme beim Zigarettenkauf und ist auch viel interessanter für Mädchen. Und so warten nicht nur viele neue Abenteuer auf die drei, sondern auch Wehrkundeunterricht, die erste große Liebe, der ABV. Und Chemie Leipzig …
Ein Coming of Age Roman mit viel Fußballromantik, Freundschaft und Herz. Und die wohl authentischste literarische Reise in die letzten Jahre der DDR.